U0086224

自序

九年前我開始以寫作維生時，還是一個不知人間疾苦的青衫少年，常常把自己孤立起來，關在小書房中寫一些自以為是不朽詩文的著作，甚至認為寫作者應過著全然孤獨的生活，才能寫出真正高超的作品，有一段時間還因此搬家到木柵山上閉門苦寫。

這段時間的創作以散文居多，還寫一些零零碎碎的小說和評論，但是這些為數不少的作品並未能完全滿足我的創作慾，中夜擲筆時常撫案沉思：到底問題出在那裡呢？

「到底問題出在那裡呢？」

我不能回答這個問題，竟使我很長的時間無法創作，每天在小屋中呆呆地聽音樂，或者在屋中看窗門外的風雲變化，一坐就是一整天。

我計畫了一個長程的旅行，一個暑假的六十天中，我到高雄碼頭去當了幾天搬運工人，到霧社去當了幾天採梨工人，到台中梧棲去幫人收割，賺來的錢我就到附近的漁村、礦坑和山胞部落亂逛，找人聊天、喝酒，住在毫不認識的村人家裡，和他們一起生活。

這樣亂逛竟讓我逛出了一點苗頭，我慢慢地知道，我過去的作品缺少一種切切實實的活生生的生命力。我是多麼的無知啊！多年來竟然不知道大部分的人是以如何忍苦耐艱的態度在生活著。雖然我自幼生長在農家，頗能體會困苦的生活，卻不如我後來再度的體認那樣深刻。

我開始不安份守己的做好學生，我常常翹課，背起行李就到處去遊歷，雖然也沒寫什麼文章，只是去看人去看事物，這時，我開始衝動地想記錄這個時代處在海島一隅的中國人到底在幹些什麼——這個衝動影響了我日後整個寫作的方向，使我日益覺得文學與生活，與社會結合的重要。

這個衝動也使我張開了心靈的眼睛。

一開始，要寫記錄或報導的東西自然是個模糊的概念，一直到我進入中國時報工作，才理出一點頭緒，也才找到一個較為明晰肯定的大方向，這個方向就是：結合新聞與文學的寫作形式，結合理性沉思和感情抒發的為文態度，結合敏銳觀察和有效析離的面對問題的經緯。我也覺得，報導事實的外象是不夠的，隱在外象背後還有許多一般人見不到想不到的一面，我的方向就是要將那一面找出來，期望能得到一個公平而合理的答案。

創作，對我有強大的吸引力。

新聞，對我也有強大的吸引力。

我常想著，我到底要幹個作家，或是幹個新聞記者呢？新聞記者是我的工作，作家是我保留在心靈最深處的源頭，兩者都不能放棄，於是，尋求一條平衡的道路似乎是必須的，也是可行的，後來我才知道，創作與新聞的平衡也冥合了報導文學的原則。

有一陣子，我因工作需要，在中國時報跑社會新聞，在工商時報跑經濟新聞，心裡真是痛苦莫名，並不是我不喜歡新聞，而是零零碎碎的新聞使我覺得整個人像陷在泥坑中鬆軟無力，固定的新聞寫作方式也使我感到綁手束足，無從發揮，最大的問題出在，我是個極端感性的人，新聞採訪追求的絕對客觀是我的致命傷，使我常有被絞扭的感覺。

也幸而有那一段時間，使我後來「脫離困境」後更肯定了感情在理性的報導中是不可缺的，也肯定了主觀在客觀中的意義。甚至於，我還認為目前的新聞形式並不是最好的形式，對記者束縛太大，不能寫出真正震撼人心的報導，適度的客觀當然是新聞記者優良的「師承」，但是，好的師承也有「破」的可能性，我要找的就是在「師承」中找到「可以破」的感性的立足之地。「有所師承有所破。」就是我一直拿來警惕自己在下筆時留神的精神標竿。

我企圖將「記者」和「作家」揉合成一個相同的方向。

我明明知道，文學工作者很難成為社會改革者，對社會造成有效、直接的影響，公平合理的社會答案永遠是一個不可把捉的目標，但是文學工作者不能因此背棄他的社會責任——當我想起那些咬緊牙關面對生活的人群時，我感覺到寫出他們的生活叫大家來關心改進，比起空想的創作更能吸引我的心志。

這樣感覺時，我幾乎已經肯定自己日後的寫作方向了。

收集在這本集子裡的報導，大部分是我前兩年的作品，其中頗有嘗試的痕跡，像「雨後初荷」是我用較感性的小說方式來表現未婚媽媽之家，像「莊嚴的旗，憤怒的淚光」是我用純散文來寫中美斷交的一次示威，像「溫泉鄉的吉他」把觸鬚伸向北投侍應生戶，像「夜的陀螺」用三個角度的第一人稱批判大學生舞會問題，像一系列地方戲曲的報導透露了如今我將文化藝術做為報導重點的軌跡等等。這本書完成的時間是民國六十七年春天到六十八年夏天，當然是很匆促，不管好壞，出版一本書常會使我鬆一口氣，可以再做新的嘗試，也由於改變和嘗試更可以讓我審視報導文學的彈性與韌度。

現今報導文學的走向，使很多人誤以為報導文學就是寫一些鄉土民俗的事，其實，它還有很大的廣潤天地，像都市的人情世故一向就是被忽略的，像卅年來臺灣文化的轉型，政治、經濟的轉型也是被忽略的，像倫理、家族的變革也是被忽略的——除了這些，還有更廣大的天地有待開發。

此外，目前報導文學的走向也偏重了風土和環境的報導，人物的報導反而被忽略了，殊不知人物在風土與環境的改變中佔了十分重要的地位，如果我們以人物為中心，來發展報導、貫穿報導，是不是也是可行的方向呢？

最近，我努力的方向就是文化的轉型，希望用報導的方式表現臺灣近年來文化的新生；另一個努力的方向則是將重點移轉到人物報導，以人物為點來做為報導文學面的架構——當然，這些也還是一種嘗試。

我是主張不斷嘗試和突破的，報導文學如今已成為極熱門的文學形式，也幾乎成為最受歡迎的文學形式，我相信，它必然也會成為極有影響力的文學形式。但是，我並不寄望寫作的人都來做報導文學，文學和藝術有更大的彈性、更多的方式才會產生更優秀的作品。

我不敢教人來從事報導文學，但是我願意，一心一意地去從事它。

林清玄

一九八〇年三月於木柵客寓

鄉事目次

第一輯　鄉村的臉

第二輯 都市的臉

第一輯　鄉村的臉

拎起寂寞的影子

——卅年來第一次皮影戲比賽

黯淡的燈影

鑼聲已經響了。

經過幾個轉折，走在離彰化百姓公廟不遠的小路上就已經淸晰的聽見，鑼、鼓、木魚夾雜著胡琴的聲音，自夜空中響亮起來，似水的月光把屋子與路映得很有層次。

這不是普通演戲的鑼鼓聲，而是很少做公開演出的皮影戲鑼鼓，這又不是一般公開的皮影戲演出，而是光復卅年來臺灣的第一次皮影戲比賽。

走到比賽的會場，場內三百張椅子已坐滿了八成的觀衆，大家正以熱烈高昂的情緒期待皮影戲的演出，因爲坐在場中的觀衆有絕大多數是沒有看過皮影戲的。

響亮的鑼鼓聲敲擊了一陣子，便開始了「扮仙」的儀式，這是臺灣地方戲做野台演出時的必要開始，一方面是酬神，一方面也有祈福的意思。扮完仙，正戲便開始了，今天演出的戲目是「李世民大鬧鳳凰山」，這是一般地方戲很少演出的戲目，在場的老戲迷都相問著：「或者是皮影戲特有的劇目吧？」

既是光復以來首次皮影戲比賽，應該有它特具的意義，它應該是莊嚴的，也應該是受重視的，可是當我訪問了在場的評審人員後，却推翻了原先預想的意義，在場的三位評審竟然都是不懂皮影戲的，其中只有一位看過一次皮影戲，其餘兩位都還是第一次觀賞皮影戲。

地方戲劇協進會總幹事葉子楓說：「這一次的皮影戲比賽，是爲了香港木偶節來函邀請我國的一個皮影戲團體參加演出，臺灣目前僅剩五個皮影戲團，爲了公平起見才用公開比賽的方式選拔。可是來報名參加的皮影戲團却只有兩團。」

葉子楓是中部人，臺灣的皮影戲通常在南部鄉下演出，致使他僅在多年前觀賞過一次，另兩位評審雖也是布袋戲和歌仔戲的專家，對皮影戲却一無所知，只能用其他劇種的標準來評審，對於皮影戲，這或許不是公平的。

連評審委員都不知道皮影戲，更何況是坐在庭前的觀衆們，這時候我坐在皮影戲小小的戲臺前，燈光從戲幕後打出來，顯得有一些昏黃，加以在幕上躍動的戲尫仔，使燈光與廟前的水銀燈相比，顯得格外的黝黯。

我想到，一位藝人當他賣命的演出，竟找不到一位看懂的相知的人，他心中的燈如何能不黯淡呢？

一代不如一代的構成

在中國的地方戲裡，皮影戲是最小的一個劇種，它的構成有的五人，有的六人，由於它的布幕小、人數少，隨時隨地都可以演出。

以一個六人的劇團爲例，其中一個打鼓，一個敲鑼，一個演主戲，一個唱曲，一個拉胡琴，一個控制燈光做雜務，這樣的演員數自然無法與大戲相比，但是却能五臟俱全，是一種發展成熟的戲劇藝術。

此次參加皮影戲比賽的兩團，一是永興樂皮影戲團，一是復興閣皮影戲團，兩個團體都來自高雄縣彌陀鄉——高雄縣彌陀鄉和大社鄉一直是皮影戲的大本營——，我們從他們的劇團構成或者可以體知皮影戲團許多不爲人知的特色。

第一天演出的是「永興樂皮影戲團」，他們共有六個演員，分別是：

①張做——六十八歲，擔任唱曲。
②張歲——五十一歲，擔任主演。
③張福周——廿四歲，協助主演。
④張振福——廿八歲，拉胡琴。

⑤張振勝——十九歲，打鼓。
⑥張福裕——十九歲，敲鑼。

從這個劇團的名單，我們可以知道這是一個家庭式劇團，這也是臺灣皮影戲團的特色。張做與張歲是兄弟，自小就跟著父親的皮戲團跑天下，然後從父親手中接過皮戲團。其餘張福周、振福、振勝、福裕都是他們的子侄，也是從小跟著父親闖蕩江湖，「永興樂皮戲團」就是這樣傳了幾代了。

根據民間傳說，臺灣的皮影戲是由潮洲一位有名的藝人阿萬師，隨著鄭成功的軍隊將皮影戲帶到臺南，清兵入臺後，阿萬師避居高雄縣彌陀鄉，皮影戲就這樣傳下來了，後來慢慢演變成子傳父業代代相承的樣子，如果傳說屬實，復興閣皮戲團應該也是阿萬師後代的一脈。

在皮影戲最盛的臺灣光復初期，皮影戲團的成員都是以演戲爲專業，可是復興閣皮戲團已經無法以演戲爲專業了，他們以種稻子爲主業，演皮影戲成爲可有可無的副業。問起來，團主張做說：「一年演不到幾棚戲，靠這個生活不是老早餓死了！」

也因爲演皮影戲的收入低微，使得父執傳戲時無法專心，弟子在學習時也不能盡得上一代的眞髓，學得比較像樣的弟子又因兼業而沒有創造力，就免不了淪入一代不如一代的命運了。

另一種劇團的構成

第二天參加比賽的劇團是「復興閣皮戲團」，在臺灣代代相傳的皮影戲團中，復興閣是比較特殊的一個，它不是「父子制」，而是「師徒制」，這兩種制度所衍化出來的特色也不一樣。復興閣皮戲團所面臨的，比一般「父子制」有更大的困難，因爲他們沒有下一代，也使他們的平均年齡很高，形成一種暮氣，他們的成員是：

①張命首——七十七歲，負責唱曲，是整個劇團的師父與靈魂人物。
②吳朝宗——七十六歲，敲鑼或打鼓。
③許福宙——六十五歲，敲鑼或打鼓。
④許徒——六十二歲，打鼓及雜務。
⑤許福能——五十七歲，主演。
⑥謝强受——四十七歲，拉胡琴。
⑦許茂男——卅六歲，燈光及變幻背景。

除了打燈的許茂男，其餘五人都是張命首的徒弟，由於是同一師父調教出來，所以更具有嚴整的劇團形式，他們比較能專業演戲，成績也要比一般「父子制」的劇團更可觀。以張命首爲例，他廿四歲時跟隨一位師父學演皮影戲，接受了十分嚴格的舊式學徒訓練，舉凡是皮影戲的每一樣技藝他都非常精到，在父傳子的過程往往用的是耳濡目染，潛移默化，缺乏一種强化的作用，師徒制就免除了這個缺點。

自然，張命首後來收的十個徒弟，他也用自師父所承受來的方式調敎，他的嚴格，加上來學的徒弟是自願學習，便能做技術上更好的要求，慢慢的，當然形成比「父子制」優良的格局。他說：「雖然皮影戲不是很好的頭路（職業），但是我的徒弟都演得很好。」

「師徒制」固有它的優點，同時也帶來了缺點，原來是學徒的人雖然「出師」，可以獨當一面的演皮影戲，到底不是祖傳的家業，缺乏向心力，他們的後代子孫因而不肯再學皮影戲，只好撐著一把老骨頭繼續演戲，一直到死了斷絕爲止。

至於「師徒制」專業化劇團，雖然依靠皮影戲維生，也僅能糊口而已，復興閣的主演許福能談到生活的問題用了一句俗話：「一日宰九豬，九日無豬宰。」皮影戲較有生意時是農曆二、三月及七月，這時劇團就忙著到處去演出，其他的月份却是賦閒在家，這種演出情況對待一個職業劇團，自然是比較困難的。

所以，復興閣的演出皮影戲也只能硬撐來維持一個場面，這一個平均年齡高達六十歲的劇團，究竟能繼續維持多久呢？我們幾乎已經找到答案了。

戲之尪仔與演者之臉

這一次不算盛大的皮影戲比賽，還是吸引了許多愛看戲的民衆，我訪問了大部分的民衆都沒有看過皮影戲，使得白髮蒼蒼的戲迷還帶着好奇的口吻詢問：「那些戲尪仔到底是用什麼做的？

是紙板？還是布？」

當我告訴他們、那是用牛、羊、驢皮刻成的，再用桐油和油彩繪上去以後，一個個瞪大眼睛問：「牛、羊、驢皮怎麼能動呢？」

我再以對皮影戲微薄的認識告訴他們：「戲尪仔分爲頭、腕、手臂、身、腿各部份，再用線頭穿連起來，身體與手臂各穿孔挿一根小棒以便靈活的旋舞，頸、手兩部份則可供安挿適當的頭和武器。由於是獸皮製成，難以維妙維肖，又由於不能唯妙唯肖，所以更有一種樸拙的美。」

居住在中北部的觀衆難得看到皮影戲，觀衆們對皮影戲帶著相當濃厚的好奇和興趣，有許多跑到戲台的兩側往戲台內觀看演者的情形，竟興奮得張口結舌，就在我們猛然頓悟的那一刻，也許對皮影戲便有初步的認識了。

比賽的進行只有兩天，第一天演出「李世民大鬧鳳凰山」，第二天演出「秦始皇吞六國」，在皮影戲目裡都是武戲，自頭到尾鑼鼓聲不斷，整個劇情的推展也就依靠著打殺推動，並無特別動人深刻之處。據演出的人表示，眞正好的皮影戲是文戲，以唱曲爲主，戲尪仔只是用來配合唱曲優美的轉折與韻律，可惜唱曲是潮州調，一般觀衆都無法欣賞，加上皮影戲最難的是唱曲，因爲它是無譜的，只能依靠口傳，有許多較難較優美的唱曲已經失傳了。

這眞是無可奈何的事！

在兩天短短的賽程中，我訪問了無數的觀衆，訪問了每一位參加的演員，每一位裁判，每個人的說詞和表情都能使我感知於這項民間戲劇已經不可免的走向沒落的命運。最教我感慨的畫面是，我蹲在後台看皮影戲演者專注演出的樣子。

他們有的幾乎已經演了一輩子皮影戲，當他們坐在台上演出時在熟練專注之外，更有一種敬業謹藝的美。然後我觀察到這些老演者的臉，他們的臉竟與手中所持的皮戲戲尪仔有幾分相似的地方，是因演皮影戲久了，自己溶入戲中而相似的呢？或是皮戲尪仔在他手中反映出自己的形貌呢？

不管答案如何，在我過去所觀察的無數地方戲演員，演得眞正好的藝人，久而久之，就會在舉手投足間和他手中的木偶，或和他上臺常演的角色有許多相似，這樣的相似眞教人感動，因爲那至少表現了這些地方戲的演員演出時態度的眞摯，也眞正映射出倆者生命的不可或離。

當演者的臉容變到和戲的尪仔相像時，我相信，他們的演出藝術已到達了一種圓融的境界。

我們不要做寂寞的演者

當然，蹲在後臺看他們演戲，有些感覺也是令人難堪的，這些演者已經年老，他們的出身農村使他們還能維持相當的體力來演出，可是年壽有時而盡，藝術無時而窮，他們一輩子追趕皮影戲藝術的脚步縱使不停，在時間的冲流下，恐怕終究到頭來也是一片惘然吧？

我問到其中年紀最大的師父張命首，關於他在這次比賽中最感觸的事，他用一種無可奈何的表情說：「大家都看不懂哩！」言語間流露出「萬里茫茫，何處覓知音？」的感歎。

張命首的回答給我們最大的感傷是，後臺裡雖然鑼鼓喧天，胡琴的長聲響徹戲臺，却總有些許寂寞凄涼的況味，他們想要做個不寂寞的演者恐怕將來也不能夠吧！

皮影藝人的寂寞使我思考到，皮影戲是不是到了大力改革以求生機的地步了呢？

復興閣皮戲團的主演許福能向我談起，他們數十年前做野臺戲演出的情形，那時皮影戲棚只是一個高四尺，寬五尺的影窗，旁邊掛滿要出場的戲尪仔，後臺除了演出者，是一盞微弱的油燈，常常連戲尪仔都照不清楚，因爲設備簡單，也常常在鄉間借用一臺牛車，在牛車上便演起戲來。

當時的設備比起今天的戲臺與進步，當然不可同日而語，但是那時的演者有一種心靈的慰安，因爲在旁觀賞的村人會看皮影戲，可以從皮影戲中得到快樂，現在擺上了設備舒適的戲臺，反而沒有人會看戲了。因此他說：「我比較喜歡在牛車上演出的那一段生涯。」

從許福能的描繪中，我很能揣想到表演的師傅在影窗後，手中持著戲偶，口中隨著劇情，時而鶯聲燕語，時而蒼茫凄涼，完全融合在戲中時的景況。

爲什麼皮影戲會消沈到今天的地步？整個社會型態的轉移自然很有關係，可是「看不懂」却是它的致命傷。我們知道，地方戲劇的命根在民間，愈是通俗愈是大衆化的地方戲劇，它的生命也就愈能久長，反之，如果它失去了民間性，也等於浮動了命根，隨時都可以滅絕了。

相傳創作皮影戲的老祖宗，是西漢武帝時的李少翁，「事物紀原」中說：「漢武帝夫人李氏死，常思之，有齊人名少翁能致之，夜設帳張燭，帝坐他帳望之，彷彿是夫人之像。由是後有影戲。」倘若這個傳說屬實，皮影戲的歷史當在兩千年左右。

如何使這個相傳兩千年左右的皮影戲繼續維持下去，究竟應該做那些改革，都是今天我們關心地方戲劇所應該思考的問題。

春歸無尋處

要改革皮影戲，首先應該從現代的民間性着手，使民間普遍的能看懂皮影戲，一是唱曲，二是說白，三是故事，四是人物。

我從皮影戲團中了解到，皮影戲有它自己的劇本、唱腔和音樂。唱腔和音樂並沒有譜記，全憑師父誦唸口傳，難以無師自通，它的調子又是潮州調，一般人根本無法領會，而唱腔和音樂又是皮影戲最重要的一部分，因此改革皮影戲的首要工作就是整理出皮影戲的唱腔和音樂，使它有一個可遵循的原則，如果在音腔上仍須維持潮州調，或者可以考慮在影窗的右方打出所唱曲調的字幕，以便辨字聽聲。

至於說白部分，皮影戲劇本臺詞全是手抄相傳，裡面有許多簡寫俗字，文言的氣味十分濃厚，已經適應了白話的現代觀衆無法聽懂戲中的文言，自然無法領會其中的樂趣。所以，第二步應該整理皮影戲劇本，把文言盡量白話化，如此當有助於觀衆的進入劇情。

第三步是關於故事部分，據皮影戲演者表示，他們手中的劇本是世代相傳，從未有更動，這些故事都是取材自正史或稗官野史，講的也無非忠孝節義。皮影戲的故事相傳數百年，相因相襲、墨守成規是叫人吃驚的，這些故事在過去也許能老少咸宜，却已無法適應現代社會的脾胃，如何能創造一些新的易解的更符合現世的故事，是不能忽視的事情。

第四步要改革的是，皮影戲的人物因爲頭和身體可以交替更換，而且只能單面演出，人物常因而顯得單調，無法把人物的個性刻繪得淋漓盡致，站在人物個性於戲劇中地位重要的角度看，皮影戲的人物尙不足以深刻動人，尤其在唱腔說白不能了解的時候，人物常會混淆不清，如何在這方面做研究，使人物的個性更深刻，應是刻不容緩的事。

皮影戲可以改革的事情還有很多，例如更細膩的舞臺效果，更有情感的音樂，更有創造性的燈光等，這在布袋戲和歌仔戲的演進中都曾改變而得到良好的效果，皮影戲的改進相信也不致於太困難。

當我參加完這一次光復以來首度的皮影戲比賽，曾經對它的沒落與衰做了相當程度的思考，最後得到的答案是：它仍是寂寞的。

皮影戲的寂寞不僅來自它只有兩個團體來參加「盛大」的比賽，也不僅來自演者本身尋不到知音的寂寞，更深沈的寂寞是源發於整個地方戲劇命根浮動的民間，在浮淺的聲光影像追逐中，所有的地方戲劇恐怕都難逃寂寞的命運吧！

看完最後一天皮影戲的演出，我坐夜車離開彰化，心裡知道，這或許是第一次也是最後一次的皮影戲比賽，忽然無端地昇騰起一種哀傷，就像是春天已經去遠了，百花都面臨了凋萎時刻那樣的感覺。

一張發了霉的影窗

——皮影戲三十年滄桑

如今的江湖・兵荒馬亂

知道高雄縣大社鄉和彌陀鄉是皮影戲的大本營，我便一路南下要去一探究竟。那時年剛過完不久，南臺灣的天氣暖滋滋的，路上的行人穿梭來去，我們試著探尋，希望能找到該地年紀最大的皮影戲師傅，一個路人告訴我：「那是張井泉，你從這條巷子左拐再右彎就到了。」

我們找到張井泉時，他正坐在只擺了兩張籐椅的空蕩大廳上哄孫子，玩得十分開心，說明了來意，他茫然了一陣才會悟過來：「噢，噢，你要問皮戲，我知，我知。」然後我們便僅憑皮影戲這一把鑰匙，打開了他記憶的閘門。

張井泉出生在正是以皮影戲世代相傳的張家，他自幼就跟隨大人在皮影戲班裏敲鑼打鼓，那完全是一種無意識的學樣，這一學，竟左右了他整個的一生——在鑼與鼓中度過。

他說：「我們張家是自古早古早就演皮戲了，本來都是世代單傳，只傳一房演皮戲，到五代前分房，傳到現在大社才成爲兩個姓張的皮影戲團，一個是張德成的東華皮影戲團，一個是張天寶、張順天兄弟的協興皮影戲團，算起來，他們都是我的後輩了。」

張井泉只能算是張家的旁枝，並未得到演主戲的眞傳，只學到打鑼鼓，「就是打打鑼鼓也很不容易了，非打個兩三年是不能上戲臺的。」

但是，長時期的耳濡目染，使張井泉不只會打鑼鼓，他還學會了胡琴，還能背出整本的戲文和唱曲，他今年七十四歲，據他自己的說法：「做戲做了六十年，閉著眼睛也會唱了。」

說著，說著，他便興高采烈的唱起來，並且費力的爲我們解說，由於他唱的是潮州調，加上他兩排牙齒全部落光了，我們並未能聽知他的唱曲，只感覺一連串生動的韻律在耳邊跳動。他費了很長的時間爲我們唱了兩套曲，一是「包公案」，一是「賣身葬父」，兩齣戲都是文戲，然後他說：「皮戲最好的是文戲，現在都黑白打來打去，眞沒意思。」

聽了一下午張井泉的唱曲，我反而有點迷糊了，僅記得他形容包公是「淸如水，明如鏡，忠得會嚇死人」，還淸晰的聽明了他唱「賣身葬父」中的一句：「如今的江湖，兵荒馬亂」音調高吭，懾人心魄。

問起皮影戲的昨日今朝，張井泉的嘴癟得更厲害了，他說：「沒有辦法了，學的人太難，賺的錢太少，哪有什麼前途？」至於他始終如一的演六十年戲，張井泉撫膝歎息，連他也搞不清楚得到什麼，或許只是午后逗孫時在廳堂中自彈自唱吧！

張井泉的皮影生涯，使我離開他家時，不禁浮起那一句：「如今的江湖，兵荒馬亂」，皮影戲藝人處在電影、電視、歌唱等夾縫中，如何在兵荒馬亂中排出一條路走呢？

放下戲框・剃頭看地理

問明了路人，我們在大社彎彎折折的巷子中，找到協興皮影戲團的主演張天寶，他家是一家理髮廳，還兼為別人看地理、風水。我們到的時候是午后三點鐘，張天寶正捲起袖子在為客人修面，他便邊理髮邊與我們聊起他的皮影生涯。

張天寶是張家世代相傳皮影戲的一脈，他十二歲時就隨著父母江湖浪蕩，學這個他自稱為「微末技藝」的皮影戲，自幼的根基使他和弟弟張順天學會了從打鑼打鼓到拉琴唱曲的好本事，也成為現存皮影藝人中最年輕的，他今年四十四歲，提到皮影戲，他却像背負了數百年的牢騷，盡情的傾吐。

「我們兄弟以前學皮影戲，是想守住祖先的家業，也就一年度過一年，後來却像走進一個無底的陷阱，萬丈深坑，一年演不到十場戲，簡直無法生活，只好下決心轉業了。」

張順天去打零工維生，張天寶則提著牲禮去拜師學看地理風水，還在朋友處學到理髮的技術，便這樣開起店，理髮看地理了。

張天寶十餘年前做這個選擇下了很大的決心，至今他欣慰的引用一句戲中成語：「還好見機得早。」

世代演戲的張家，張天寶何嘗不想繼續演下去呢？他眼見臺灣光復後，皮影戲一日沒落一日，曾設法在唱曲和口白方面改良，他試著用流行的曲子代替潮州調，有一次在左營演出，一羣懂皮影戲的老人拿竹竿追打他說：「我們要聽皮戲，不是要看歌舞團。」

幾度失敗的嘗試叫他灰心了，他無奈的說：「好像一條水泉從山上流下來，後來流不出來了。」

到如今，他雖然還兼演皮影戲，自己却認爲連兼演都難了，演一天的戲報酬四千元，六個人平分後就所剩無幾，何況一年只能演十場左右，誰肯兼這麼微薄的家業呢？

所以，他已下了重大的決心：「到我這一代要收起來了，不能害到子孫。」張天寶半生與皮影爲伍，下這個決心，我們便能體知他內心的苦楚了。

談到後來，張天寶應要求坐在他的理髮店中取出他的胡琴，拉了一段冗長而平淡的皮影戲曲子，斜陽從窗外灑進，他微俯著眼瞼，專注而落寞的拉琴，那是一張蒼涼的構圖，使猶在壯年的張天寶，看起來彷彿是歷經歲月風霜的老人了。

我們要從寂寞中走出來

做一位皮影藝人自然也有幸與不幸，張德成是臺灣現存皮影藝人中最幸運的一位。傳聞中的張德成是一位孤傲的民間藝人，我到他的東華百貨公司訪問他時却發現，那不是孤傲，而是更自信，更了解生活內裡所閃現的光輝。

在長遠的皮影戲傳承裡，張德成是很重要的一株枝幹，他屈指一算，自己已是皮影戲傳到臺灣的第五代傳人了，二百多年前他的祖先張狀自潮州來臺灣定居，居住在大社，一面務農，一面演皮影戲，那時名叫「三奶壇皮戲團」。

第二代張旺，更名爲「新德興皮戲團」，第三代張川，是對臺灣皮影戲甚有貢獻的演者，他一方面整理劇本，另一方面改進皮影戲操作方法，將三棒的操演改爲兩棒，使尪仔（皮影子）的表演更加靈便。此外，他還以電石燈代替了油燈。

傳到張德成的父親，第四代的張叫時，皮影戲更有新的創造突破，他把原來不着色的皮影子塗以艷麗的色彩，更以電燈取代電石燈，他更且創造出許多新的劇本，使沿承既久的皮影戲有了一番新的面貌。

生活在這樣的皮影戲世家，使張德成體內流淌著皮影戲的血液，十二歲時就隨著祖父和父親學皮影戲，由於學習能力强，十五歲時已經能上臺演出重要的戲碼了。

問到皮影戲的前途，張德成並不像一般皮影藝人悲觀，他說：「皮影戲雖然比不上剛光復的盛況，但是只要演得好，一定可以留存下去，它不會走上絕路的。」

抱持這樣的信念，張德成把全部的生命投入皮影戲中，並做了許多重要的改良，他把原來一尺高的皮影子改爲兩尺，增加演出的效果；把只有側面的皮影子改爲斜面，造成立體感，原來只有四尺的影窗改爲八尺，適合更大型的演出；映照的電燈從兩個增爲四個，再加上五彩燈光，舞台的效果更絢麗奪目。

「做這些突破時，我是不斷的想，不斷的創造，希望能研究出一套現代人能欣賞的皮影戲。」張德成的努力並沒有白費，長期的創造使他的「東華皮影戲團」居於臺灣皮影戲壇的領導地位，也使他帶著戲團跑遍天下，揚名異域。早在民國四十一年就應邀到日本公演三個月，四十七年又往菲律賓公演一個月，六十一年更應亞洲協會之邀在美國各大學巡迴公演長達兩個半月，並曾兩度在香港藝術節演出……他談到這些往事，不禁欣慰的微笑。

今年六十歲的張德成，把他的技藝傳授給兒子，他演了四十八年皮影戲，並做了這樣的推廣已經可以無憾，累積了這許多經驗他傳給兒子一句金言：「我們要演人家愛看的戲，要演人家看得懂的戲。」

與張德成的一席談，我想到，大部分的皮影戲藝人是寂寞的，張德成則曾經企圖，並且很成功的從寂寞中走出來。

燈蛾撲火的日子

訪問過大社鄉後，我們轉往彌陀鄉，繼續做皮影戲團的追踪，彌陀只有三個皮影戲團，一個是蔡龍溪的「金連興皮影戲團」，一個是許福能的「復興閣皮戲團」，另一個是張做的「永興樂皮影戲團」。

我們先找到許福能，他今年五十七歲，是目前彌陀鄉皮影戲最主要的演師，他演皮影戲不是世代相傳，而是得自他岳父張命首（現年七十七歲）的傳授，所以他的起步比一般皮影戲演者要晚，到廿二歲才上戲臺。也因此，他沒能學得全套的演技，僅學得擧皮影子、說白和唱曲。

許福能的聲音是很迷人的，低沈而宏亮，他為我說起卅年前演皮戲的情況：

「那時的皮影戲很簡單，戲棚只是一個簡單的框架，影窗高約四尺，寬五尺，臺後掛滿將演的戲尪仔。因為設備簡單，經常在鄉下就把戲棚子搭在牛車上演起戲來。」

許福能陷進回憶的窗扉，他說到那一段用油燈和電石燈在野地演出的情形，燈旁經常飛舞著撲火的燈蛾，把火撲得忽明忽滅。現在雖然改成比較華麗的大舞臺，他卻反而懷念那一段舊時的歲月，他說：「那時的人看得懂戲，現在懂的人太少了。」

從這裡，我們也了解到「相知」對一位民間藝人是多麼重要的事。

最近，許福能收到一位法國巴黎的年輕人 Dadeuea iselle Anne Riston 的來信，希望能跟隨他學皮影戲，這件事使許福能很感慨，他到目前還沒有收過一位中國徒弟，沒想到遠在千里外的外國人却要拜他爲師，這往往是民間藝術消失的壞兆頭。

許福能是少數專業的皮影戲演師，他一年可以演出六、七十場皮影戲，勉强能够糊口，但是對皮影戲的前途他仍是悲觀的，他用了一句成語：「一日宰九豬，九日無豬宰」來形容皮影戲的現況，他說：「照這樣下去，將來就無豬可宰了。」

與許福能僅隔一條街居住的張做，也是演皮影戲演到六十八歲了，他領導的「永興樂皮戲團」雖然有很多他的子侄參加演出，但是都沒有一位能演主戲，也是傳不下去了。張做不識字，唱曲說白全是一句一句背起來的，他連口傳都傳不下去，還有什麼前途呢？

簫鼓聲中老客星

以上追訪的都是中老年的皮影戲演師，最後我在彌陀鄉找到本省現存最老的皮影戲老師傅，他幾乎就是本省皮影戲劇的近代史了，所以我做了一個比較詳細的記錄。

蔡龍溪坐在家前的木頭圓櫈上，啪噠啪噠的抽煙斗，九十歲的老人了還顯得神采奕奕，他身上穿著厚重的棉衣却使他有點不勝負荷的樣子。

那時候夕陽慢慢沈落了，斜斜的光線照耀他長滿老人斑的面容，竟造成許多感人而可驚的層次，他臉帶微笑，與我們談起他歷時七十六年的皮戲生涯。

「我十四歲的時候，因爲家境貧困幾乎到了無以維生的地步，便出來跟皮影戲團了，我又沒有讀什麼書，跟著師父有樣看樣學打鑼，這個鑼啊！一打就打了兩年囉！」

蔡龍溪的少年時代是講究「慢工出細活」的時代，師父教徒弟的用心，手藝好像倒在其次，主要的是先要磨磨徒弟的心性。因此，師父教他打鑼嗆嗆嗆嗆嗆嗆，他便跟著嗆嗆嗆嗆嗆嗆，一點也不敢違拗，蔡龍溪說：「就這樣跟著師父嗆了兩年，才算是打鑼出師。可是會嗆了，師父便叫我學打鼓，這個鼓啊，一打也打了兩年。」

兩年鑼、兩年鼓，接下來是兩年學拉胡琴，師父覺得蔡龍溪的根底差不多了，才肯教他到台前演主戲，主戲也是和師父搭配了三年多，才能獨撐大樑。屈指算來，蔡龍溪爲了要上台演皮影戲，光學習就幾乎耗去了將近十年的時間，怪不得他思想起那一段老歲月要忍不住咒起來：「幹伊娘，現在有那一位少年肯花十年學皮影戲哩？」

十年的學徒生涯，使得蔡龍溪的一生註定不能脫離皮影戲，他在戲台上掌戲尪仔做主演也匆匆六十六年了。這麼長久的時間使蔡龍溪和皮影戲生出深厚的感情，也使他活到九十歲還有一個遺憾。

「幹伊娘！傳不下去了！」

蔡龍溪最後演的一場皮影戲是我去訪問他的前幾天，他應邀在彌陀鄉大聖廟前演了一齣戲，也是他告別皮影生涯的一場戲。

「我今年九十歲了，我很想再演下去，可是耳朵重，講話不清，才決定從今以後不演了。」蔡龍溪不演皮影戲，對本省已經面臨沒落的皮影戲又增添悲涼的一頁，在他七十六年的演出時間中一共收敎了九個徒弟，可是徒弟們沒有像他長壽，已經有八個去世，僅存的一個也改行做房地產生意了。

這九個徒弟沒有留下任何皮影戲的傳人，如果以中國人「多子多孫多福壽」的標準來看蔡龍溪，他皮影戲的子孫沒有留下一個，那樣的晚境如何能不凄凉呢？

爲了使皮影戲留傳下來，蔡龍溪曾苦心積慮的培養他親生的兒子來繼承，他以前演皮影戲就是帶著最年幼的兒子跟戲，一點一滴的敎他打鑼打鼓，敎他拉胡琴學唱腔，經過幾年的調敎，他的小兒子學了一套本事，可以獨撐場面的演皮影戲，蔡老先生曾因此高興了好長的一段時間。但是好景不長，他兒子到卅歲時就說什麼也不肯上戲台了，寧可拿了錢去開闢一片魚塭。

蔡龍溪談到這一段往事，一連咒了好幾句「幹伊娘」的口頭禪，顯然對他的兒子又恨又愛，他說：「我知道飼魚好賺，可是我們不能對不起『田都元帥』（皮影戲供奉的神）呀！我苦苦向他說：『我們錢少賺沒有關係，一定要留住這個行業。』我兒子說：『阿爸！你不要害我，皮影戲沒前途了，您演一世人的戲又得到些什麼？』」

說到這裡，蔡龍溪長長的歎了一口氣：「我演一世人得到什麼？還不是養大了一羣憨兒子，不能守我的家業。」

他談到不能傳皮影戲，顯得十分激動，兩腿盤坐在櫈子上，猛烈的抽香煙。我向他說能不能看看他保存的皮影戲尫仔，又惹來他一肚皮牢騷：「一些老戲尫仔都被阿朶仔（美國人）買光了，只剩下現代的囉！阿朶仔花幾千元買一個尫仔，不知道他們到底要幹什麼？」

不要動我的戲尫仔

我央求了很久，他才從黝暗的臥室中叫我搬出兩個大鐵皮箱子到庭前，然後小心翼翼解開綁在箱子上的粗大麻繩，慢慢把箱中的寶物一件件拿出來，裡面有鑼鼓、有胡琴、有喇叭，還有數百身的皮影戲尫仔，製作得十分精美，都是蔡龍溪親手刻出來的。我看到那麼多有趣的東西，忍不住要伸手去拿，蔡老先生突然大聲喝斥起來：「不要動我的尫仔！」

一時使我怔在當地，然後他不好意思的笑起來，說他怕被弄亂了，我說：「您不是不演了嗎？」他長長的歎一口氣。

蔡龍溪隨後一件一件取出爲我說明，談到皮影人物的造型、顏色及種種，言語間透露出無限深情，最使我震撼的却是他那一句：「不要動我的尫仔！」那裡面不用說明，就已經把他和皮影戲的感情說明清楚了，七十餘年的形影相隨，無生命的戲尫仔也成爲有生命了。

當我們把鐵皮箱子裡的寶貝都一一看過後，我發現在箱子最底部的角落中靜靜躺著一盞油燈，問起緣由，蔡龍溪說：「這是我年輕時代演出用的油燈，已經有六十年不用了。」說著、說著，他提起油燈的耳，叫我看那一盞因長期燃燒而燻黑的燈身，格外叫人感覺古舊中有溫馨。

「最早時，演皮影戲是用油燈，在幕後把戲尪仔投射在幕上，雖然沒有現在這麼淸楚，確實是比較有趣，後來發明了電土（電石燈），又改進了一些，現在是用四個二百五十燭光的電燈，比起古早當然是進步多了，但是這一盞是我年輕時用來討生活的，捨不得丟棄。」

在蔡龍溪的皮影生涯中，並不是一開始就黯淡的，日據時代對地方戲劇固然有重重限制，由於百姓對日人的抗拒，偏愛戲中的忠孝節義，使得皮影戲得以維持不衰。光復以後，因爲有無數人於日據時代曾許過「如果台灣能光復，就請一台戲感謝神明」的願，所以皮影戲和其他地方戲一樣，都曾大大的興盛。蔡龍溪在這一段時間帶著他的戲箱子跑遍了全省各地。

近幾年來，受到經濟型態轉變的影響，電視、電影、廣播相續打進鄉間，地方戲劇不再是人們的主要娛樂，便免不了日漸寥落。尤其是皮影戲，它一直維持著原有的形貌，用潮州口音唱曲，按照歷史原原本本的演出，年紀較輕的人已經很難看懂，看懂的老年人又相續去世，原來和歌仔戲、布袋戲鼎足而三的皮影戲因此更難存續了。

蔡龍溪的晚年並沒有因皮影的沒落而凄涼，由於他是台灣皮影戲歷史的活見證，有一陣子曾成爲許多研究皮影戲的學者重要的被訪者，他曾應邀在東南亞各地演出，甚至遠至美國、法國、義大利、荷蘭各國演出皮影戲，造成轟動，我們從蔡龍溪，確實可以想像他在國外演出時的神采飛揚。

近幾年，還不斷的有外國的學者來訪問他，把他的皮影戲拍成電影做爲資料，蔡龍溪談到這些往事也不禁自豪：「我的皮影戲都被美國、法國拍成電影收藏。」他的這段話却引起我的心傷，對於整理皮影戲，我們到底做了些什麼，爲何要讓外國人來記錄呢？

光就蔡龍溪的皮影生涯，我們自然能感知他輝煌的一面，他也說過：「皮影戲是我的輝煌」，但是從整個皮影戲的發展觀察，它的前途是堪慮的，也許正像蔡龍溪手上拿的那一盞油燈，總要被其他新的東西取代了。

去看蔡老先生那一天，本來是帶著歡愉的心情，談了一下午，心情反而沉重起來，尤其是看到爲皮影戲辛勤奔波一生的人，到老，竟只能守著兩只沉重的戲箱，每日與斜陽相對，他前面的皮影藝人已經無存，後面又沒有承繼的人，縱是叱咤一世，午夜夢迴之際，恐怕也要黯然吧！

自然，蔡老先生也和我提到日後皮影戲的前途，我們都非常悲觀，因爲到今天廿歲以下的年輕人已經大多不知道皮影戲是什麼，遑論以後了，卽使是中年人也是一知半解，只能欣賞戲尪仔在台上生動的表演，更深刻的劇情和唱曲也少有欣賞的人了。

面對這種一日壞過一日的景況，我聽到蔡龍溪講他的一生，無端的想起：「綺羅堆裡埋神劍，簫鼓聲中老客星」兩句詩來，也想起他拿的那盞燻黑的油燈，彷彿自年輕照映他到老年，連油燈也免不了有些蒼老黯然的影子。

蔡龍溪的耳朵很重，我和他談天全是大聲吼叫，聲音幾乎要啞了，回程時，我看到靜靜躺在道旁的一輛破牛車，車輪已被拿走。這兩種景象叫我思及——如果我們的社會對地方戲劇已經患了重聽，誰來大聲疾吼呢？如果我們的地方戲已經是一輛破舊失了輪的牛車，誰來安裝車輪讓它繼續前進呢？

或者，我們願意讓皮影戲像記憶沈埋，數十年後也如蔡龍溪回憶那一點點昔日的輝煌？

大甲媽和祂的子民們

風雨的歸程

南臺灣初夏的燠熱，到夜晚忽然下起雨來。

在細細瑣瑣的雨聲中，我們可以聽到比雨聲更壯魄、更綿長的腳步聲，走在人羣中，那彷彿是站在海岸邊聽海洋的潮音，很堅決的落實在柏油路上，使凌晨的馬路在冷雨中也顯得十分溫熱。

路兩邊是中部大平原一望無際的禾田，傳來遠方青蛙的鳴叫，將近一萬人的大甲北港進香團步行的人羣，沒有什麼交談的聲音，大家只是默默前行，在多風雨的田路上，默默前行。

這時候走在人羣的我們會深深感知自己的渺小，因爲所有來進香的人的生活，絕對都比凌晨的趕路來得舒服，但是他們的價值標準不在這裡，他們的價值在隊伍的最後面——媽祖的神轎上，他們只是用誠心和願力來陪伴他們的媽祖回北港進香，他們都是活生生的生命個體，此刻行進時，他們却只是虔誠的「隨香客」。

走在大甲北港進香團的隊伍裏，所有人間的情感在此刻是顯得多麼無告呀！如果人間的愛是一間溫暖的小屋，媽祖的願力便是晴朗的光源，使他們走出小屋時也能感覺光明就在身邊。於是，他們的愛與信仰不只表現在祈禱和跪拜上，而是他們穿著薄衫在空曠的野地躺睡，忍受臨晚的冷寒和蚊子的叮咬；他們穿著布鞋長恒虔敬的前行，一任脚底磨出水泡；他們因有媽祖，人與人間有一種無形的親和力。

這種種，都是由於隨香客的胸中有一盞明燈，照耀他們前行。

臺灣最興盛的北港媽祖，每年到農曆三月廿三日媽祖誕辰前幾天，來自全省各地的四百餘個進香團便湧到北港進香，其中最盛大、最感人、最驚心動魄的一個進香團是大甲鎭瀾宮的進香團。

由於交通事業的發達，其他的進香團都是坐轎車或遊覽車前來北港，只有大甲鎭瀾宮百餘年來還傳留著步行的傳統，他們放棄了交通工具，用天生的雙足一步一步走向北港，他們認爲，惟其這樣才能表示他們對媽祖的誠心，也惟其這樣，他們許的心願才能一步一步的落實下來。

據鄉民們的說法，媽祖是海的守護神，也是雨神，每年，大甲媽祖到北港時，沿途總會下幾場雨，這正是剛挿完秧最需要雨水的時節，農民們看到「大甲媽帶來的雨水」，禁不住滿心的歡喜，但是隨香的人羣就不免要受雨淋的苦了，他們一組成進香隊伍，就是狂風暴雨也無法阻擋他們的去路。

也許，大甲媽眞是有祂的靈氣，年年到北港進香，總要如響斯應的下雨，所以每年祂的子民們都要在雨中走這條進香的路，又，大甲媽祖到北港是回去「謁祖」，通俗的說是「回娘家」，當大甲媽祖踏上祂回娘家的歸程，因爲在雨中，更體現出祂震撼人的魅力。

起駕的前奏

冲天炮向上躍起晶明的七彩。

急促的鑼鼓聲夾雜著猛烈的鞭炮聲響動開來。

一串長長的嗚嗚的號角向遠處拉去。

「媽祖要起駕了」，這個訊息剎時像綿綿春雷向四周快速的散佈開來，大甲鎭民就像在烈火上熬煮了許久的一隻大鍋，頓時沸騰起來，大部份人都蜂湧到鎭瀾宮前面，人擠著人，找不到一絲絲空隙。

這個興奮的訊息對大甲鎭民太重要了，他們已經足足等待了一年，自從去年進香期過後他們就開始計劃籌備今年的進香事宜，甚至比過年還要重要得多。

大甲鎭和它鄰近的外埔、大安、后里三個鄉的民衆，一年來都過著平靜純樸的農業生活，生活的節奏是緩慢而閒適的，只有在進香的這段日子變得急速而興奮，從小處看，這固然是對媽祖婆的虔敬的願力；自大處觀，則是整個生活的平衡及調劑。

當起駕訊息傳開後，羣集於鎮瀾宮一萬餘位準備隨香的信徒們早已興奮的佇候著，其中包括將近五千名步行的香客，還有五千餘名搭乘脚踏車、摩托車、小貨車、三輪車、鐵牛車、耕耘機，以及殘障者乘坐的輪椅的香客，他們經過鎮瀾宮妥善與細心的安排，有序的羣集在鎮瀾宮四周——他們這種進香啓行的安排，已有百餘年的經驗了。

在更早的下午時分，有經驗的進香客都在家中小睡後，才到廟中燒香準備出發，隨同媽祖前進的神職人員大轎班、執士、綉旗隊、神童團、莊義團等則捲曲在長板櫈或地上，養精蓄銳準備著接下來的長途跋涉。

所有隨行的香客都應該携帶一面香旗，香旗是綉滿彩線的小三角旗子，參加進香前應先到廟中燒香祈求保佑進香的平安，然後在繚繞的香爐上繞圈，再在寺廟中向上連擧三次，它象徵媽祖的神靈已降在旗上。

持著香旗，背著遠行行李的香客們在廟前搖動進香旗，發出沈厚悠遠的鈴噹聲，護送與隨侍媽祖的神職人員早就排好隊伍，安靜地等待子時五分媽祖的啓駕，這時鐘鼓鞭炮齊響，哨角長鳴，原先站著的信徒們都拿著香和香旗伏跪在地，在燦亮的街燈上，香頭上的微火像是一張密密織成的絲線，覆蓋著大甲鎮的騎樓、馬路，甚至田地上。

就是這一刻的跪拜。

就是這一刻媽祖無言的起駕。

已經有足够的力量支撐他們邁開大步，接受兩百多公里長路的嚴格考驗了。

黑夜裡也是亮的

我隨著進香的人潮前進，大甲鎭內幾乎家家戶戶都擺出了供品，每家都掛著長長的鞭炮，從媽祖啓駕的那一刻，鞭炮聲就沒有斷過，炮聲如同遠方流來的洶湧大河，衝擊得氣氛熱烈而緊張，在緊張中又自有一種綿密的細緻。

大甲媽進香時的隊伍十分嚴整，它是一個相當有組織有計劃的隊伍，它的秩序是這樣的：爐主頭家車、宣傳車、符車、機車隊，脚踏車隊、神童團、莊義團、綉旗隊、卅六執士、哨角隊、鑾輿、隨駕步行隊伍。它當然不是很呆板的齊整，而是在隨意中有一種自發性的秩序。

進香團抵達一個村莊時，所有的炮都集中在前半段的神童團與莊義團，鞭炮製造出來的氣氛使得整個隊伍充滿神秘的興奮，香客的脚步也隨著這種氣氛而變得更踏實而有力量。

可是，當媽祖神輿前的綉旗隊與手執各種武器的卅六執士接近時，鞭炮就不再放了，因爲鞭炮是用來驅逐在媽祖前路的妖鬼邪魔，告訴媽祖卽將駕臨，請它們迴避；此外，當然有極高的慶賀作用及對媽祖的歡迎，等到媽祖神輿一到，所有歡迎的人都忘了放鞭炮，只是虔敬的低頭默禱、甚至跪拜下來，伏乞媽祖的佑護。

整個進香的隊伍就明顯的分成兩個不同的部份，前半部炮聲轟隆、熱鬧喧嘩，後半部肅穆悠遠、寧和平穩，這種區別却不是衝突的，它不但隱含了很深刻的節奏美感，也含帶了信徒們在面對媽祖時的又驚又喜。

我們在大甲鎮環繞時，全部的節奏就這樣在既有趣又動人的情況下進行。

可是媽祖最深切的動人處，猶不在祂繞行人多口雜的村鎮裡受到的震撼的迎接，而在祂步出村鎮走向偏野的田路時才是最銘心刻骨的。

大甲媽起駕進香的日期自然是早就傳遍了中部大平原的每一個角落，尤其祂會行經的村莊，更是早就做著迎聖的準備，人們算好了時候，備候清茶素果祈待著媽祖的來臨，香燭也是早就點燃好了。由於歡迎的村莊通常擁擠和過分熱誠，使媽祖往往無法按時抵達預定的地方。佇候祂的子民們只好在冷風中引頸而望。

凌晨的黑暗的夜路旁，經常有一個離群索居的人家，一家大小都站著等媽祖，遠遠看只是兩隻燒得正旺的燭火，以及搖動的微細的香頭；一走近，才發現燭火旁有幾張相似的虔誠的臉容，閃動著堅定有力的眼神。

當他們遠遠看見媽祖的神輿，臉上就綻開了一朵含羞如同春天剛剛開起的花的微笑，這笑，是自心裡張開到臉上來的。

最後，看到轎子的一剎那，他們的雙膝自然落地，彷彿是久遠離家的子弟見到親長，所有媽祖信徒的兒女們長大後定永遠不能磨滅幼時在母親的懷中，在父親掌握的手中，在老祖母裙襖旁見媽祖的一刻。

那個黑暗裡閃爍金光的景象，會使我們胸中有一種無限量的寧定，那是再風狂雨暴也無法動搖的磐石了。

我走過鄉路看到零散著跪迎的人時，那種謙卑的專執使我感動，於是知道媽祖所點在人們心中的燈火在白天亮著，在黑暗亮著，無所不在的亮著。

爲了見媽祖，冷風算什麼呢？

一年來生活的苦又算什麼呢？

城市裡的媽祖經驗

今年大甲鎭瀾宮的進香仍和往年一樣有一定的路線，它的行程都有周詳的計劃，並且必在路過的媽祖廟住駕以供鄉民朝拜，它今年的行程是這樣的：

第一天：大甲——清水——沙鹿——大肚——茄苳——彰化。

第二天：彰化——員林——永靖——北斗——舊眉——溪洲——三條圳——西螺。

第三天：西螺——吳厝——二崙——虎尾——大屯——土庫——北港。

第四天：北港朝天宮住駕。
第五天：北港——土庫——大屯——深坑——吳厝——新安——西螺。
第六天：西螺——水尾——溪州——大橋——北斗。
第七天：北斗——永靖——員林——花壇——彰化。
第八天：彰化——沙鹿——甲南——大甲。

自整個行程表看起來，大甲媽的進香所經之地幾乎全是鄉鎮，鄉鎮的人口與結構致使它們在歡迎媽祖時具有相同的特色，其中最有趣的一個地方自然是比較繁榮與進步的彰化市。

我們看媽祖神輿路過彰化這個都市時，至少會興起以下的幾個問題：

相傳一千多年的媽祖路經現代都市時，是什麼樣的景況呢？

都市的民衆在面對及歡迎媽祖時，究竟與仍停在農業社會的鄉民有何不同？

工商業的都市與媽祖到底是不是衝突的呢？

我們只要跟隨媽祖到彰化市去走一趟，答案就出來了。

其實，彰化市民歡迎及信奉媽祖的本質是相同的，它的形式甚至比一般鄉鎮猶有過之，因爲它的人口更廣衆，居住密度更高，它外貌上的熱烈還勝過鄉村幾倍。

當媽祖第一天夜裡在彰化住駕、起駕，就在市中心附近的天后宮，每家商店都掛了鞭炮鳴放起來，濃厚的炮煙竟使五公尺以外的事物完全被遮蔽了，甚至於看不清夜裡天空的繁星。

本來預定在凌晨一點離開彰化的行程，由於鞭炮的熱烈，及人們瘋狂的趨拜，使得離市時間擱延將近一小時才完成。媽祖足跡所至，老少婦孺、少青壯年卜然跪拜，那都是不用言詮的，幾乎已成爲一種反射作用。

看到彰化市民迎媽祖的盛大場面，我們可以斷定媽祖不只是在鄉鎮有力量，在城市裏也不會絲毫遜色，它這種可貴的城市經驗使我們預見且相信，媽祖與現代化的進展是不衝突的。

我們由這種城市也觀察到，中國人傳統中承續老文化的韌力，以及宗教血緣流傳的關係，是保留在中國人的民性當中，而不是農村社會特有的產物。

我願跟隨媽祖婆

就這次五六萬人的進香行列中，隨香步行的將近五千人，也許有人會認爲他們用這種苦行來追隨媽祖是瘋狂的舉措，只要我們深入內裏就會發現在瘋狂中自有情感的信念與理性的沈思。

我深深爲這些在隨香時幾乎忘記自己是個活生生的生命體，只記得自己是「媽祖的子民」的人而感動。

他們爲什麼放著家裡的活兒不做，來跟隨媽祖呢？他們用什麼樣的力量支撐兩百多公里路而毫無怨尤呢？尤其他們行進的時間都是凌晨子時，他們如何能在疲累中猶心無旁騖的虔敬呢？

我在步行聊天之中找到幾個個案，或者能爲這些神秘的問題做註脚。

大甲媽祖的「神跡」在中部鄉下流傳已經很久了，鄉民們也用最大的誠心來相信他。這次隨香團中有一個很特殊的婦人，她帶領著廿歲剛自學校畢業的大女兒和出生僅八個月的二女兒前來，而且自始至終都緊緊跟隨媽祖的鑾駕，她是居住在臺中市北屯區的林濱璜女士。……

她告訴我：「我是還願來的。」

爲了還願，她去年懷著六個月的身孕，仍然追隨媽祖走完全程，她表示這也沒什麼，爲了讓媽祖婆高興，再艱苦的情況下仍然要來。

問到爲什麼要還一個這麼大的願，她一開口淚珠滾滾而下，說起她唯一的兒子不學好，已經走失多年了，她訪遍全省各地都無法找到兒子的踪跡，最後，一個親戚告訴她：「聽說大甲媽很興，妳何不去求求，說不定有效。」

她於是從臺中來到大甲跪在神壇前向媽祖求告，並許下願望，如果能再找到兒子，願意終生步行隨香。她說：「當天晚上我在家中睡覺，忽然夢見媽祖婆來托夢，說：『妳的兒子兩天後會自己回家。』過了兩天，我在臺北工廠做事的兒子果然自己回來了，我問他怎麼知道回來，他說：『前天晚上媽祖婆來托夢，要我今天回家，不要再讓媽媽擔心。』」

在媽祖婆的神力之下，林女士終於達成與兒子見面、全家團圓的願望。她本來是不信教的，從此不但她信了，她的全家信了，連親朋好友都信了媽祖，也因此，大甲媽回北港進香的行列就一年比一年壯大了。

同樣感人的還願，我遇見從清水鎮來的卓清六，他與八十二歲的老母親一起來進香。他說：「三年前，我老母身體不好，經常患病，我就到大甲鎮瀾宮燒香，祈求媽祖保佑母親的健康，結果很神奇的，母親的病因此好了起來，我們是普通人家沒有貴重的東西謝媽祖婆，只好隨香走路來感謝媽祖婆。」。

卓清六的老母親更是激動的說不出話來，好久才說：「如果不是媽祖婆，我這條老命恐怕早就沒有了。」

來參加步行隨香的人大多是還願來的，所以我們不能以迷信來看它，彷彿是在一個我們未知的角落果眞有迷人不可抗拒的力量，那是回教徒的麥加，基督徒的耶路撒冷，印度教徒的釋迦聖地相同的力量。

是不是，人的精誠意志力果能與神靈溝通呢？

大甲媽對我特別好

當然，隨香的大人潮中並不是每個人都爲了許願還願，更多的人只是一心虔誠，希望藉進香活動來保佑闔家平安。

六十五歲，來自台中市的吳蜜女士跟媽祖走了三年，她的家境很好，兒女都成家立業，才有閒空來隨香。她說：

「我家小時候就拜媽祖，我來進香是請媽祖保佑我們闔家平安大賺錢。」

六十歲的詹德時老先生的情況是，他父親自他小時就帶他來進香，父親死後由他接棒進香，日後他仍會把棒子交給兒女，他比較起四十餘年前的進香活動，走路隨香的也不過才一百多人，現在增加了一百倍。

他把一切榮耀歸給媽祖，並且爲我講述一個西螺大橋尙未建好前，媽祖神輿顯靈過西螺溪的情形，使溪水暫時不流讓神輿通行自然是不可能的，多少年來，大甲鎭民們却深信不疑，難道對宗敎虔誠的意志力也能移山倒海嗎？

在進香行列中，有幾位八十幾歲的老人了，來自吳厝莊的八十二歲林葉老太太，背已經駝了，耳已經聾了，她仍然要來進香。

林葉老太太有個悲慘的身世，她丈夫在她卅歲的中年就離她遠去，她兩個兒子中有一個是白癡，一個是娶媳不孝，經常虐待她，就這樣過著孤苦伶仃的歲月，只有每天晨昏她在媽祖婆面前燒香時才能得到心靈的安慰與勇氣，而媽祖進香，她自然是要來的。

她說：「我一年不來這裏一次，不知道要怎麼活下去。」

進香團中雖然有很多老人，却有更多年輕的一輩，他們大部分是家中父母的傳續，小部分是覺得進香活動很有趣，一方面春遊，一方面又能保平安讓父母高興，便已把春遊的情興和宗敎信仰做了有力而密切的結合。

步行進香是很苦的事，每天我隨團前進，到夜裏或睡在廟中，或睡在廊下，兩腿都已經僵硬了，還要在將睡未睡之際於哨角的長鳴中出發，每天的行程都是自夜裏子時到第二天的黃昏日斜，平均要走十八個小時，比起軍隊裏夜行軍的苦毫不遜色。

他們並不怕苦。走累了，喝一點香爐裏的「爐丹水」，馬上又有了體力；脚酸了、起泡了。用「爐丹水」塗在脚上，又能無所謂的趕路；休息時，一張防雨布就能安然入夢了。爲什麼有這麼大的靈願呢？許多進香人的言談中都認爲大甲媽對自己特別好，所以能勞苦無怨，或者只是這一念之間，已使他們有勇氣與毅力走更長遠的路了。

這是我的一點心意

大甲媽進香的焦點是祂到北港的時候。北港朝天宮組成盛大的陣頭歡迎，在北港街頭遊巡的熱鬧自不在話下，更讓人感動的是，第四天祝壽和第五天割火的兩個儀式。

抵達北港的第二天的清早，是大甲媽的祝壽大典，儀式要八點才開始，天未亮時信徒們早已在廟裡廟前等待了，所有的信徒均相信，愈是靠近媽祖，愈能得到媽祖婆的特別庇佑，所以離廟愈近人羣愈是擁擠。

祝壽大典中宰了許多猪羊獻給媽祖，並且在媽祖廟內虔誠的誦經，這時，大家把帶來的焚燒的金箔堆在廟前，竟高積得如一座小山。典禮中有個三跪九叩禮，當鑼聲一響，羣聚在廟前幾達六萬人的信徒一起卜然下跪叩頭，進香旗頂上的鈴鐺響動到遠方都能聽見。

我站在廟前的石獅子上拍照，按快門時看到跪伏著的人潮，心中竟無端的慌亂了，比起這些人來，我是多麼的渺小呀！而我，怎麼可以站在石獅子上，不與他們一起下跪叩拜呢？

祝壽大典完後，我跟隨燒金箔的卡車前往北港溪，堆積如山的金箔是嚇人的，它用一輛十五噸大貨車、四輛一噸半的小貨車、一輛一噸二五的卡車、八輛鐵牛車來裝運，總計大約卅噸，在北港溪旁要焚燒一天才燒完。

這只是信徒們的「一點點心意」，我們從北港溪畔熊熊的火光和廟前跪伏的人潮，都是一樣的充滿了熱與愛的美，其中，似已看見了宗教信仰的元神了。

夜裡的「割火」儀式，是八天行程中最重要的一件事，那一刻，北港媽祖將把聖火傳給大甲媽帶回，它意味著一種神威的交流，也含帶了中國傳統的倫理觀念和血緣關係。

密密麻麻的人羣裡，終於分開一條道路，在哨角隊和誦經團的引導下，北港聖火隊携帶著爐丹步行施施前來。

北港朝天宮的香爐旁放著大甲媽的香擔——這香擔也是隨香挑來的——獲准觀禮的人都緘默的站立一旁，等待隆重的儀式開始，鼓聲敲過後，主祭和陪祭們全頂香跪於大殿，誦經團誦唸北斗金剛經後由朝天宮的住持和尚宣讀疏文，廟門關閉，所有的信徒都長跪在廟外。

疏文一一焚化於香爐中，裡面記載的是有功於這次進香的信徒姓名，主持和尚待疏文和金箔紙焚燒完畢，便持鏟將香爐中的灰鏟起放在大甲媽的香擔中，封上「北港天上聖母護國庇民本月十四日封」的封條。香擔便自最裡殿的香爐往外殿穿送出來。廟外的數萬民衆看到「割火」儀式完成，均高興的呼喝起來。

等到媽祖神像傳遞出來，也就把人心煮沸了，又是一個狂歡熱鬧的場面。

湖邊的午宴

大甲媽沿途回來，比來時要熱鬧幾倍，因爲祝壽大典（當地人說拜天公）完後就開葷了，一路上便有各地善男信女煮送供應的大魚大肉，以及歡迎完成進香的各樣陣頭。

以回程的第一餐吳厝莊爲例，吳厝朝興宮後有一個大湖，當地居民款待隨香客的方式是在湖邊圍成盛大的午宴場面，鷄鴨魚肉十分豐足，我相信他們平日的儉省，使他們平常沒有吃得像此刻招待陌生客人一樣豐盛，鄉下人對外客的誠意，因有媽祖而顯得更深刻。

隨香客很受各村莊的歡迎，他們一路吃回大甲去。彰化市的熱烈招待更是盛大，狂放的鞭炮和趨拜，使原來十一點卅分離開的時刻遲延到凌晨四點才完成。

大甲媽回到大甲，是大甲鎭上每年最熱鬧的一天，盛大歡迎媽祖的陣頭遠到大甲橋上引頸迎接，當媽祖進入鎮內，大甲鎮的交通與商業往來全部停頓，人們那一刻只知道放鞭炮和拜媽祖，鞭炮甚至多到把許多人的長褲爆成許多碎洞，隊伍仍是那麼莊嚴而平穩的前進，如同打了勝仗的士兵，接受歡迎的場面一樣。

大家瘋狂的熱鬧著，一直到把媽祖送進宮門爲止。

當天晚上，大甲鎮家家戶戶開席宴客，任何人都能吃到盛宴的款待，他們藉此來慶祝進香儀禮的圓滿完成，吃完這一餐，他們又有足够的勇氣面對新一年生活的挑戰了。

大甲鎮瀾宮的進香活動是盛大感人的，它多年來的重要，甚至使它對政治、經濟、社會、文化產生領導的作用。在政治上，每年鎮瀾宮進香的成敗與否都成爲民衆在下一次選舉投票時最重要的考慮。

在經濟上，每年五、六萬人到北港，最保守的估計需費五百元以上，五萬人就要花去二千五百萬元，每人七天不事生產損失二千元左右，就要損失一億元以上。鎮瀾宮每年的油香錢在一千五百萬左右，流進流出之際，造成了大甲鎮的繁榮。

它的社會影響，從好的方面說，是大甲鎮民得以藉此有很好的溝通。與鄰近鄉鎮也建立良好友誼，有助於社會的親和。壞的方面是，那七、八天中大甲鎮內的社會活動幾乎完全停頓，造成一種別處不可能見的眞空狀態。

文化上，大甲鎮瀾宮的進香活動使該鎮的人頗有香火薪傳的認識，並且使社會的元氣蓬勃風發，遠非別處可及。

所以，我們觀察這次進香活動，確實應該有更多人來做深刻而理性的思考，使它在進行的方式上更合節而有效，在內容上更得到肯定的認同。

我唯一的寄望是，鄉民們能把娛樂和情趣放到生活操勞中去，使全年都有衣食以外的事可做，不必全集中在這幾天。

吼門海道的一顆寶石

——神秘的小門嶼

步進了奇怪的夢境

在枯褐色的田中，幾抹鮮艷的色彩最是令人心驚。八位蒙面少女正彎腰在眼見要枯了的田中工作，頭臉全厚厚的紮了包巾，只露出細小的眼縫，包巾上綴滿了紅、藍、綠、黃相間的條紋或碎花，縱在遠處也格外的分明。

彷彿少女們不再是活生生的少女，而是一個特定的形相，一座在田中的雕塑。

一羣麻雀自田間飛起，留下咻咻的叫聲。

一輛老舊的牛車，靜靜地斜躺在遠方，牛，悠閒地在車旁漫步。

我們把視線從遠方移近，路兩旁的花生田、蕃薯田、高粱田、玉米田像蜂巢一樣，神秘地聚落著，葉的尾端全被灼熱的陽光燒烤得焦黃了。

由於葉被燒焦的褐色，使田地上經營的作物雖然不同，基調却非常統一——一付枯槁了的荒漠景象——好像僅僅一步，就步出一個青綠世界，走進了褐色的奇怪的夢境。

走往小門嶼的路非常奇特，雖是一條六米寬的柏油大路，在夏日的午后却無人無車，一個人放輕步伐走，寧靜裡，田中的蚱蜢也會受驚飛揚，發出響亮的撲翅聲。

這是一條沉默而詭異的大路，也是漁翁島通往小門嶼唯一的路，路的盡頭是孤懸在最北端的小小島嶼——在地圖上看，小門嶼形狀像是一個做壞了的、橫躺著的餃子。

玄武岩的小方山

步行的路大約有三公里，盡頭處縮成一條兩公尺半的小橋，成拱形。

我們遠遠看到小門嶼，它像是一個綠色的平底木盤倒蓋在海上，由於來路上奇怪的景觀，反而使在炎日下的島嶼特別顯得寧謐平和，走近了才看見它的嶙峋不平。

站在橋上，可以看見橋下清澈的海水中有瘦瘦的遊魚，在石隙和海草間嬉戲，巨大的淡紅色珊瑚在水內，映著陽光，在海底幻化成奇異的倒影。

這時，一艘三馬力的漁船自遠方噗噗前來，緩緩的自橋下穿過，一條擴張的水痕便用力割開平靜的水面，水面亂了一下迅即歸復平靜。

步過小橋，有一長列的緊密羅列的怪石，豎立著像是未經秩序過的欄干，成爲頭大身小的柱形，這些柱形並不連接，從橫處又裂開成一塊塊的相疊著。每一塊石皆有空隙，却找不到一個落脚的地方。

他們稱爲「柱狀節理」和「板狀節理」。

它們說明了土地成形的古老故事：當熔融的岩漿噴出地面時，熔解的玄武岩在攝氏一千度的溫度下逐漸收縮固化，由於體積的乾縮，使玄武岩形成六面體的柱狀裂線，叫做「柱狀節理」。「板狀節理」則是岩石自表面漸漸往下冷却，又和下層岩石分裂而成。

這種景觀據說全世界只有美國黃石公園有類似的地形。走過去觸摸這些表面粗糙的節理狀岩石，會讓人感覺到大地生成的陣痛，也是小門嶼獻給遊客的一個貴重的見面禮。

小門嶼便是由柱狀節理構成的小方山，面積僅僅半平方公里，周圍三點五公里，是一個小得不能再小的土地了，可是如同鬼斧劈成的玄武岩在第一眼，會使人自心底湧起複雜的期待。

蜂巢田邊的天人菊

穿過羅列的天然闌干，順著小門島唯一的路徑往坡上走，兩旁都是用珊瑚礁堆砌的正方形石牆圍成的「蜂巢田」，用來保護作物不受東北季風的侵襲。

我覺得「蜂巢田」是漁民在土地上耕作的匠心獨運，那些珊瑚石好像是漫不經心疊砌上去，竟能牢固的站立，而，漁民用海裡的石來擋海裡的風，以便冬季無法在海中討生活時，能固守陸上的一塊土地，這是不是人與自然間的抗衡與調諧呢？

我遇到一位在蕃薯田中工作的老農婦（應該也是老漁婦），問她那些石頭是怎樣砌起來的。她裂開一口黑牙笑起來說：

「這簡單，只要一塊塊疊上去。」

「爲什麼不會跌落下來？」

「任何一塊石頭都有它能相合的另一塊石頭，如果能找出相合的地方就緊咬著不放了。」

老婦爲她自己的答覆滿意地笑起來，並且自信說她七十五歲的年紀了，一天努力疊也可以疊起一堵蜂巢牆。

「少年郎疊得沒有我快，他們老是拿著兩個凸石擺來擺去，就不會想到換個凹的。」

老婦自小耕作到如今，因爲在小門，男人都與大海搏鬥去了，只遺下婦女和孩子根深的種播土地，老婦說：出海卡艱苦啦！種作卡簡單啦！

到底，出海與耕作那一樣是輕鬆的？那一樣不是血汗換來的收成？

這或許只是老婦自己一個人的生命哲學。我們在炎日下的蕃薯田中蹲著聊天，看她掐著較細嫩的蕃薯葉要回去煮菜，仔細地捆紮著葉子說：「這眞好吃哩！」皺紋被她咧開嘴笑擠得更緊密更深刻了。

我忽然看見蜂巢田的角落邊有一株野生的天人菊，花雖仍然鮮紅，有幾片花瓣已經掉落了，剩下的幾瓣在海風中輕輕的搖蕩。

開花地上，土中結果

「不要照，不要照。」一位中年婦女驚急地用手遮掩著臉，她的手上還抓著一把帶著泥土的花生。

把相機放下，她才鬆了一口氣似笑非笑的說：「歹看啦！整身都是土沙。」

從一塊塊的蜂巢田登上來，最上面的平臺是一大片花生田，兩位中年婦女正帶著四個小孩在收成花生，另外兩個小小孩拿著花生桿子在田中追逐。

小門嶼的花生樹和它島的形狀一樣，它不是直立的站著，而是向四旁擴散匍匐，一棵棵戀愛著土地，花生田也由於莖枝蔓延，顯得株株都是糾纏在一起。

問到婦人爲何此地的花生長得奇怪。

她笑得很開心，說：「臺灣土豆是小粒種，我們這裡的土豆是大粒種，他們一年能收兩次，我們只收一次。」

後來我查農業書籍，知道臺灣的花生是 Spanish 型，種子沒有休眠性，開花兩次，莢果成熟期早，脂肪含量高，一年可植兩期。小門島的花生是 Virginia 型，種子有休眠性，莢果成熟期晚，脂肪含量低，一年一穫，每期開花竟達五到六次。

我想到，或許小門島的花生是一種長期的陣痛才生出來的吧！

婦人又告訴我，臺灣的花生和小門島的花生有一共同處，就是它們都在地上開花，在地下結果，也就是「落花」才「生」。

花生，是奇特的作物，它的開花和結果，最能使我們感知土地的重要——它自土地出發又回到土地去。有些沒有鑽入土地的，果實就萎縮，僅留下一具空殼。

我們走遠了，才用望遠鏡頭將婦人的姿影攝入，在稍偏斜的日光下，婦人的影子投在地上竟像一顆大粒花生——狠狠的揷入土中。

平坦的沙灘·羅列的漁舟

翻過高高的花生田，映在眼前的是一個平和安靜的沙灘，像兩隻伸出手臂的防波堤，擁抱著清淺的海水。如果沙灘是一位躺著的人，漁舟便是依偎在他胸前的肋骨，防波堤親熱地抱著它們。

這是夏日炎熱的午后，小門島的男人安眠了一個上午，都到海邊上整理他們的漁舟，準備晚上出海與風浪搏鬥。

他們把曬在岸邊的漁網收拾好，自家裏提著聚魚燈到舟上，有幾位還啓動了馬達，在海裏試航。

「出海了？」我湊上前去。

「要天黑了才走。」

然後我就和他們談到漁民的種種甘苦，他們免不了抱怨連聲，只是這些抱怨是出自微笑的臉，不致讓人覺得太悽愴。

小門嶼只有四十六戶人家，由於人數少所以他們不像其他的漁民單獨作業，他們極具敬業精神，經常連袂出航，互通有無，因此使島上充滿一種不必言說的感情，在海上連成一條緊密的線，世代傳承下來。

所有的小門人生活都很單純，男人出海捕魚，小孩釣魚挖蚵，婦女耕植花生蕃薯，小門嶼就在這樣的生活裡一步一步踩過他們生命的歲月。

用珊瑚蓋房子

如果我們老是誤以為珊瑚是貴重的飾品，我們就很難想像拿珊瑚蓋房子的情況了。

小門沙灘旁就是島民小小的村落了，裡面還保存了少數澎湖羣島早期用珊瑚蓋成的房子，他們把這種由珊瑚堆積成的珊瑚礁建材稱為「硓𥑮石」，緊密而不規則的排列，使牆面有一種零亂的美。

有一位瞎了一隻眼睛的老人，正在他的珊瑚屋子前逗弄兩個小孫子，老人的屋子前堆了很多乾花生梗，他的房子是小門最美的硓𥑮石房了。

他請我們到房子裡坐，由於窗戶又少又小，使房子的採光很差，整個房子陰暗而森冷，老人說：「海邊仔人，暗一點有什麼關係？」

這座大約十坪大的房子，老人在年輕時也曾親手堆砌，他叫我們來看一看這種房子，蓋硓砧石房子需要相當的技巧，才能使它嵌合牢固，如果算工資，要比一般磚造房子貴好幾倍哩！

老人說了一句頗有意味的話，來說明硓砧石房子的優點：「風吹不進來，空氣却是流通的，所以能多暖夏涼。」——這大概是珊瑚多孔性的最大作用了。

我想到，硓砧石房子是經久不壞，是費時工巧，也是多暖夏涼，但是它最大的意義應該是印證了「就地取材」的天經地義。

山上的人用木頭蓋房子，平地人用土塊蓋房子，海邊仔人用硓砧石蓋房子，因此各地的人與物都有獨特的景觀，可惜的是，景觀的特色面對現代化的進程不免也要消磨了。

泰山石敢當

在古老與新式房屋參雜的村子裡，最能觸目驚心的應是家家戶戶門前，幾乎全掛了八卦、獅頭、七星劍等色彩鮮明、撼人心魄的辟邪物，散發出詭秘的氣息。

每一個「辟邪」各有不同的特色，一路走過來，彷彿掛在門上的八卦或獅頭不是靜息的，而是在屋上跳動。

村民說，小門嶼以前因爲孤懸海外，經常有一些風災、水災、瘟疫等禍害，這些都是厲鬼在作祟，爲了驅邪避兇，就掛起「辟邪」，而且流傳到今天。

我也曾在南部鄉下看過門上的獅頭、八卦、七星劍，但是沒有小門嶼讓人感到民間傳承的深不可破，它不但屋上有辟邪物，在面對海的前山後山還羅列了很多用來辟邪的①泰山石敢當石碑。②寶塔。③石獅。④阿彌陀佛碑。四種同類而多樣的驅邪鎮煞的寶物。

問了幾位村民，他們只知道那是辟邪的，經常去燒香，並不眞正知道它的起源。據我推測，「石敢當」應該是起於中國的道敎思想，泰山的雄偉使人們認爲泰山是有無邊法力的山神，可以鎮壓任何厲鬼。

阿彌陀佛碑很顯然起於佛敎，石獅也是佛敎傳法音「獅子吼」的象徵。

七層寶塔則可能是起於白蛇傳中，法海和尚以雷峯塔鎮千年白蛇的傳說。

這些推論雖然沒有明確的證據，倒是相當合理，如果是這樣，也可以看到中國傳統民俗中蘊藏的豐富了。

小門嶼一個八歲小孩和我們一起走到寶塔旁邊，他問我：

「你敢靠在寶塔上嗎？」

「當然敢。」說著，我便靠在塔上照了一張相留念，沒想到小孩子竟豎起大拇指說：

「你是個好人，我爸爸說壞人靠上去會黏在上面，爬不起來。」

我笑了起來，心中卻是嚴肅的：民間敎化確是有它可驚可畏的一面，而石敢當背後更有一股博大而豐富的意義——它是生活的。

吼門海道的一顆寶石

小門嶼步行的終點是鯨魚洞，位於小門嶼的最北端，在一塊高聳拔尖的海崖下，怪石峋嶙散亂地堆積著。

鯨魚洞自然無鯨，形貌也不似鯨魚，倒是它張著的巨口有一種龐大的氣勢，穿望出去便是無垠的大海了。

鯨魚洞的岩石是黑褐色的，入遊其中，便把炎炎夏熱拋在外面，洞的色澤與厚實使我們心中湧起一種無比的涼意。足下就是海了，海浪沖在石上，形成晶白色的浪沫，與黑色石洞相對，特別有情趣。

我們登上洞前的高大海崖，竟看見洞後的石壁削斬成一片險峻平滑的板狀，眞讓人深感大自然的神力。

最後，我們就坐在海崖上看夕陽沈落，天昏了猶在海邊拾貝挖蚵的婦女，在斜陽紅霞映照下有一種美麗的姿影，他們的頻頻彎腰更使那種美顯得更深刻、更鮮活。

四顧我們走過的僅有半平方公里的小門嶼，竟幾乎已看見了整個澎湖景觀與生活的縮影，我感覺到，如果澎湖的美是一頂輝煌的皇冠，小門嶼便是鑲在冠上最亮最珍貴的一顆寶石。

到澎湖不到小門嶼，算不得知道澎湖；到了小門嶼，即使沒有走過澎湖其他地方，也就知道澎湖了。

海的兒女

——大倉國小的夏日

不是普通名詞

「老師好！」

「校長好！」

一羣穿著整齊制服的小學生，從操場的那一邊奔跑過來，白色上衣配在褐色的皮膚上顯得特別耀眼晶明。他們跳叫著，踩過舖滿海沙的操場，有一股生命的活力揚動。

有的跑過來牽老師的裙角，有的擁著他們的校長，那一股親熱勁，是都市中世故而拘束的小學生身上難以見到的。

他們那麼愛戴老師，和老師如此親熱並不是沒有理由的。

「校長」和「老師」四個字，已經是社會上最普通的名詞，哪一個人成長的過程中，沒有受敎於一羣老師？沒有替換過幾任校長？可是，在這個海島上，有老師有校長卻是兩年前才有的事，因此在這裡，「老師」與「校長」不是普通的名詞，而是旣珍貴又崇高的具像。他們擔任的不僅是傳佈知識的工作，而是文明與非文明的顯著分野。

在「大倉」這個小島上，「校長」與「老師」也不是隨便可以擔當的名詞，他們必須拋棄文明的大部份享受，他們必須遠離自己的兒女，他們必須應付及解決環境的問題與困難，他們還常常冒著凜烈的冬風，躲在蒸騰著柴油煙味的船艙到學校上課，甚至於在沒有船的時候，涉著兩千公尺遠的海水，來爲渴求知識的兒童講課。

當我看到小學生們以眞誠炙熱的情感擁戴他們的校長與老師時，我知道，這種毫不隱藏的愛是用一點一滴的血汗灌漑成的，絲毫沒有一些僥倖或虛假的成分。

尤其是看到老師們的欣慰表情，我深深的被感動著，他們身上的擔子，並不是一般老師擔當得起來的。

海圍成的知識堡壘

大倉島是一個三級離島，正好位於環成周形的澎湖羣島中央，總面積僅有一六點五平方公里，唯一的交通工具是漁船。

我們到大倉島，是知道那裏有一個超級迷你的國民小學，只有學生四十人，想去一探究竟。

我先找到居住澎湖馬公的大倉國小校長呂石焜，那個午后他正好從國小涉水回來，臉頰和手臂被陽光燒炙得紅通通，他說，大倉國小並不是想去就能去得，要涉水而過只好等退潮，若要搭船不但要等漲潮，還要等船。

我們只好在澎湖本島住了一夜，等第二天從大倉島來馬公鎮賣漁貨的船隻。

很幸運的，我們搭上大倉村長陳銅的漁船，據說那一艘十六馬力的機動漁船，已經是島上最好的「客輪」了。

村長夫人從艙內端出一盤昨夜剛在海裡撈到的小管魚請我們吃，我們便以小管為小菜在船上閒扯起來。陳銅已經是二度連任大倉村長了，他世居在大倉，問到大倉的歷史，他也不清楚，有些靦覥的說：「從我祖父的祖父就開始住在大倉，恐怕有兩百多年的歷史了。」

可是一談到大倉國民小學，他就掩不住興奮的神釆了，認為那是在他任內完成的最大一件事，「我的大兒子因為以前沒有國小，只好送到高雄去唸書，現在二兒子就在大倉讀書了。」

確實，大倉國小的成立使漁民放下一樁心事，大家所擔心的子弟教育問題終於獲得解決。

與我們同行來的教育局科員李世義，談起澎湖縣政府辦離島教育的決心，澎湖有六十四座島嶼，其中廿二個島嶼有人居住，現共有國中十二所，國小四十四所，做到每島必有學校的地步。

以大倉國小為例，大倉島的條件是不足以成立一座學校的，學生人數僅四十人，頂多只能湊成三班，教育局要聘老師、蓋校舍、宿舍等等。目前每個月的經費約六萬元，即每位學生平均受惠一千餘元。

「但是，即使只有一個學生，學校還是要辦下去。」李世義說。由大倉國小的創辦，我們也可以體會政府辦教育的決心了。

船抵大倉碼頭，我們遠遠卽望見島最南邊的大倉國小，是全島中最䰟大最齊整的洋房建築，它的左邊是海，右邊是海，後面也是海，只有前面一個操場、一畦花生田，以及一條小小的街道，街兩旁錯錯落落的散著幾間平房。

村長陳銅一邊繫著船纜，一邊大聲說：「這就是整個大倉了，一眼望到底。」僅僅那樣望一眼，島上地勢最高的大倉國小像是一座堡壘，是一座可貴的知識堡壘，高高的建築在荒漠的海島中。

淳樸的大倉島

學生們正放暑假，爲了等他們的返校日，我們在海島住了一天。

大倉島的居民僅有二百六十八人，全部以捕魚維生，僅有的兩個公務員，是一位村幹事，和一位維持治安的警員，因此大倉島民的生活方式與作息時間都是相類似的，影響到全村也表現出一種單純寧靜的氣氛。

漁民與大海搏鬥的精神，長久以來使他們有坦蕩而樂天知命的胸懷，我們從唯一的一條街路走過，所有遇見的人都和我們熱烈的打招呼，像是許久未見的老朋友。

村長陳銅告訴我，漁民天性的勤勞並不是因爲生活艱苦，而是祖先留下來的生活習性，驅使他們不斷的要出海去。他說：「我前幾天和大兒子出海，一個晚上撈了三萬元的小管，便是一個公務員三個月的薪水了，但我還是要出海，不出海在家孵得出豆芽嗎？」

大倉島的土質極劣，全島舖滿貝殼，只能種出花生和蕃薯兩種經濟價值很低的作物，我談到可惜島上不能種什麼東西。陳銅又有他自己樂天知命的說法：「農民有地，大海就是我們的地，他們要種幾個月才收成一次，我們每天都有收成。」

因爲沒有副業沒有競爭，使大倉島民兩百年來都過著一樣安靜的歲月，一代一代傳下來，捕魚便成爲他們生命的全部了。最讓人吃驚的是，兩百年來的大倉島，從來沒有搶刼、沒有盜竊、沒有風化案件，甚至連打架都很少，這到底是什麼原因呢？可能是與他們全心全意投入大海而產生淳樸民風有關吧！

呂石焜校長說：「大倉島兒女的品德不必教育就很完滿了，可惜村民因接觸有限，學識的微薄，使兒童沒有適當的受知識教育，如果教育發展了，大倉島將成爲一個世外桃源。」

呂校長的理想是藉由大倉國小的成立，來帶動求知的風氣，使學生與島民在無形中都受知識教育，兩年來，這方面已經有了顯著的成果。大倉國小五年級的陳文傳曾獲今年澎湖全縣國小講演比賽第一名，大倉國小學生的集體製作在今年也得到全縣科學展覽第三名，眞是不容易。呂石焜校長也在篳路藍縷中爲大倉島民開闢了一條通往知識的路。

我們從碼頭開始，沿著海岸步行，大約半小時已經環島走了一圈，平緩的海岸使大倉午后出奇的寧靜，我看到一對祖孫蹲在花生田收花生，一位母親帶著兩個兒子提網到海裡捕石斑魚，他們的姿影逆著陽光，美得彷彿一幅經過設計的邊光攝影。

海島一樂園

今天是大倉國小放暑假以來第一個返校日，我們一早就等在國小的操場裡，看到小學生們一羣羣從門口雀躍著進來。一路就叫著老師好！校長好！客人好！黝黑的臉上展現出天眞而有禮的笑容。

由於人數太少，目前大倉國小有三個班，分別爲一年級十三人，三年級十八人，五年級九人，每兩年招生一次，明年變成二、四、六年級，呂校長說：「這是學生太少的權宜之擧。」

大倉國小的敎職員總共有五名，除了呂校長外，他們分別是敎導陳金團，老師王文信、許蓮琴、林清茶。這些老師都是師專畢業的資深敎師，家並不在大倉，他們卻都住到大倉國小的老師宿舍中來，不但敎育孩子，朝夕生活也和孩子們打成一片。

「我相信，我們這裡老師的身敎是比別地方好的。」呂校長說。

校內的每一位學生姓名，校長和四位老師都能一一叫出，並且對每位學生的家庭也瞭如指掌，長期居住在大倉島上，使老師不僅和學生生活如膠似漆，也和所有的村民成為很好的朋友。漁民們白天都到海裡討生活，使老師不但教孩子，還要照顧他們的午餐，四十位學生全部在學校開伙，與老師同進午餐，這也是別的學校所沒有的。

「這種與學生一起吃午餐的活動，意義不僅是在幫助村民照顧孩子，至少還具備了三個意義：①培養學生的衞生習慣。②師生能培養更濃厚的感情。③保護學生的營養及發育。」呂校長說。

返校日的活動與平常上課相同，升旗的時候，學生們仰頭靜肅地向國旗敬禮，在天眞中又另有一種可愛的神采。

然後學生們把暑假作業交給老師批改，各班老師帶著自己班上的學生展開唱遊及運動，一年級在教室中玩司馬光打破水缸救友的故事和捉迷藏；三年級在操場上跳土風舞；五年級則在球場上打藍球。煞時間，整個學校處處都掀起歡樂的笑聲，在那麼小的空間裡，笑聲更為凝聚而感人。

我看到打藍球的一羣學生，因為藍球場毗鄰著大海，一不小心球就滾到海邊去了，學生們蜂湧著去撿球。站在遠處看，碧藍無垠的大海邊，聚集著小小的身影，特別有明顯的對比，誰知道，在這裡受教育的孩子，將來要征服這一大片汪洋大海呢？

在錯落有緻的礁石上，站著穿白衣黑裙及黃卡其褲的學生，連大海也被他們的璀燦掩蓋得失色了。

五兄妹

村中居民少，孩子多，造成學校中常有兩兄弟同班的現象。最顯著的是呂家五位兄妹，一起在大倉國小受教育，老大呂築就讀五年級，老二呂北與老三呂麗珠同在三年級就讀，老四呂麗娜與老五呂布同在一年級就讀。這五位兄妹正好是大倉國小全部學生的八分之一，也是別處很少見的現象。

他們的父母出海捕魚，便把五個孩子的教育完全交給學校，學校也就兼具了家庭的功能。五兄妹攜手上下學，其樂融融，父母也能安心出海捕魚了。

呂築的老師王文信告訴我，由於要當弟妹的榜樣，身材高壯的呂築在學校表現很好，運動和功課都很出色，使他的四個弟妹以他爲榮，達到很好的教育效果。

可惜，由五兄妹同校且各隔一歲的情形，我們可以觀照到大倉島上家庭計劃的推展還沒有成功。

今年八月八日縣政府要推選「模範父親」，大倉島有一個名額，村民們竟一致推選了一位生了十個兒女的父親，他們以爲生越多的兒女便是越模範了。這可能牽涉到漁村勞動力的問題，一方面也是家庭計劃推廣還不够徹底——漁民只想到多一個兒女多一份勞動力，却沒有想到多一分消耗了。

縣政府也了解漁村的這種情形，最近採取了一些措施，即生產頭胎和二胎時，由政府給予五千一百元的「生產補助費」，並供應奶粉及營養品，第三胎以後則不予補助，這是節育方面的寓輔助於推廣。

至於勞動力方面，政府也以輔助的方式鼓勵漁民把舊式船隻換成新的機動漁船，補助的金額在二分之一以上，譬如購買一艘三馬力的機動漁船，價格爲三萬五，政府付給漁民二萬元，漁民只要出一萬五就可以買一艘船，大型漁船則按比例增加。

這兩項補助雖已徹底推行，漁民生頭二胎領了補助金却仍然生第三胎；機動漁船買來雖減省了勞動力，也依然多子多孫如故，這個觀念在大倉島確是應該儘速着手推行的。

學校的校長老師成爲這項節育觀念的推展者，預計於今年成立的衞生所也將有一位護士參加工作，效果還是不敢預期。

呂校長很感喟的說：「人的觀念一旦根深蒂固就很難改變了，可見教育推行到離島的意義重大，希望新一代的大倉人能有一番新的見解與作爲。」

呂校長告訴我，大倉國小雖然是澎湖最小的小學，還有比這更小的分部，像西吉島的東吉國小西吉分部僅有十一位學生，只有一位陳連興老師，由此，我看到了有優秀素質漁民的遠景了。

遠望大倉島

夜晚，我們和大倉的幾位村民喝啤酒，聽他們講述許多海洋傳留下來的故事，夜晚坐在海邊淺酌據說是他們最主要的休閒生活。

另一項休閒則是看電視，一家人圍在電視機前享受家庭之樂，可是這項休閒是很昂貴的，因為大倉採用一個小型的火力發電機，自己管自己發電，電費大約是澎湖本島的五倍。

村幹事解連芳告訴我，大倉還有一些急待解決的問題：①郵政辦事處的設立。②碼頭的擴展。③電力交由政府管理。④設立交通船。「這些問題只要解決一項造橋問題便全部解決了。因為大倉島距白沙島只有二千公尺的海路，造了橋使交通便捷，馬上就能帶來整個島的現代化。」對於這些問題島民們都有十足的信心——縣政府既然在小小的大倉能設立完備的學校，其他問題還有什麼困難呢？

第二天，我們和呂校長、王老師、村幹事、李科員一起走海路，在海水退潮的下午三點鐘，穿著膠鞋踩在海底零亂的礁石上，我看著他們的步履輕捷穩健，是長期訓練的結果，想到，世間到底有多少像這樣忍苦耐艱的校長和老師呢？

走得很遠很遠了，我回頭望大倉國小，心頭有很深的感觸，大倉那一羣海的兒女，在他們老師的教導下慢慢的接觸了遼闊的世界，對兩百年沒有學校的島民而言，大倉國小的本身便是一種深刻感人的美。

繁花的都城—田尾鄉

何事點燈照菊花

廿二年前，田尾鄉的一座廟庭上，一群村人夜晚聚集著乘凉，談起一位「反常」的人。「柳鳳村那個羅箱，最近有一點起神經，將種蔬菜的祖田都拼拼掉，種了一大片菊花，不知道是犯了什麼煞？」一位村人首先議論起種菊花的羅箱。

另一位緊接著說：「菊花也不能吃，種種那麼多要死咧！以前人家種菊花是三五朵看看好玩，一甲田都種菊花，幾十萬株，眞是中了魔神了。」

再一位說：「羅箱去桃園回來以後，一天到晚憨憨傻傻，不種菜也不栽稻，每天蹲在菊花田裡，不知能孵出什麼可以吃！」

一群人在背後說羅箱，有的說他「中了魔神」，有的說他「起神經」，最後的結論却是：羅箱是個傻瓜。

羅箱種一甲地菊花田被當成笑柄的兩年後，村民又奔相走告一件關於羅箱更可笑的事。「聽說你們柳鳳村的羅箱，在他的菊花田裡結燈棚，是眞是假？是給菊花過元宵？」一位田尾村民取笑一位柳鳳村民。

柳鳳村民把頭低低的垂到胸前，爲羅箱覺得慚愧，說：「那個憨人，家裡的燈火都點不够了，把燈點在田給花看，而且一點一兩百盞；好像電和燈都不要錢的。」

「一定眞好看，那天我到你村裡參觀？」

「唉！」柳鳳村民搖頭嘆氣走了。

村民眼中的「傻子」羅箱，因爲把菜田翻成花田，點燈給菊花看，使他種的菊花開得又大又好，一分菊花田的收成是一分稻田的十倍，羅箱種菊花賺了大錢，村民，甚至鄰村的人也幹起「傻事」，翻菜田種菊花，在花田結燈棚。

廿二年後的今天，田尾鄉遍地都是花田，花田裏都點燈，使田尾鄉成爲全省規模最大的花卉專業區，居民的生活也一天好過一天了。

但開風氣不爲師

坐在籐椅上的羅箱，談起廿二年前的舊事，不禁臉露微笑的嘆息，對他年輕時代毅然種花的事件細細地品味着。

「那是民國四十五年的事，我到桃園看朋友種花，覺得種花實在比種菜舒服，朋友又告訴我，臺灣的經濟很有希望，生活水準愈高，花的需求量愈大，我想到，我家裡一塊祖田有一甲多，何不翻出來種花呢？」羅箱想到就做，在田地上大種菊花，「翻祖田」在那時保守的觀念中有一點敗家背祖的意味，羅箱因此被目爲傻子。

「其實，那時田尾鄉也有人種花了，但是沒有像我這麼大的規模，大家對給花灑農藥、澆肥，甚至點燈都是沒有概念的。」

羅箱並不像一般村民所說的蠻幹，而是經過一番細密的審思和計劃，開始的時候，他一面在菊花田工作，晚上在燈下研讀外國的園藝書籍，第二天就拿到田裡實驗，譬如電照，實驗如何使燈架高度適中，使它的光能平均照射；譬如插苗，在泥土地上長不快，試驗如何在沙地上插苗，縮短生長期；再如爲了使菊花長直要以竹條插枝，他改成鐵網，以節省人力等等，都是羅箱在菊花田裡「磨」出來的。

最讓人佩服的是羅箱的眼光，他老早就看清臺灣經濟發展的趨勢，寧可忍受鄉人一時的恥笑，不顧一切的種菊花，使他現在擁有兩棟樓房，成爲柳鳳村最大的花農和最大的菊花代理商。

羅箱不僅對他個人，對整個柳鳳村，甚至田尾鄉都有很大的貢獻。羅箱所居住的柳鳳村，本來是田尾鄉十九個村落中最落後的一村，田尾鄉有一首兩句的歌謠取笑柳鳳村的貧窮：

「柳樹湳收音機無電，柳樹湳老大人無錢。」

「柳樹湳」是「柳鳳村」的舊稱，如今，年紀稍大的田尾鄉人還會唱這首歌謠，但是柳鳳村已經成爲田尾鄉最富庶的村落——都是菊花帶給他們的財富，「儍子」羅箱則是柳鳳村從貧窮到富庶的功臣。

羅箱坐在設有冷氣的寬敞客廳中說：「種菜種稻一分田只能收一萬元，種花好的時候可以收十萬元，怎麼能不富呢？」

莫嫌老圃秋容淡

我們到田尾時是初秋的午後，鄉公所民政課的鄭榮華，很熱心地帶引我們參觀這個淳樸的小鄉村，只要走在馬路上，已能聞到田裡乳菊飄來的香味。近的地方還能清楚地看見排列整齊的園圃，往遠處眺望，則繁花混成一片，紅的黃的白的，有點像是不經意的雜揉在一起。

鄭榮華帶著我們走田埂，一路解說：這是一點紅，這是空心紅，那是冬紅，再過去是月友，說著說著，有很多是他也不知道的，他很慚愧的說：「我種了四分田的菊花，可是菊花的種類太多，連我也數不清了。」

我們走過一片育苗的花圃，一個老人正蹲在地上把泥土翻鬆，他仔細地將硬凝的沙土搗碎舖平，看到我們自田埂走過來，很熱情地和我們招呼著。

老人叫周吾喜，種了三分多的菊花田，也是民國四十五年就開始種菊花的老花農了，他每天都要到菊花田來消磨時光，他說：「這花，不多照顧是長不起來的。」

周吾喜告訴我，一株菊花從揷栽到收成大約需要三、四個月的時間，這其間要歷經許多繁瑣的工作，種花比其他作物還要費工夫。

「菊花種植通常將母菊生的花芽摘下，先行在沙田中假植七到十天，然後移植到本田中，再過了一星期要剪心，等它長到五寸時要下肥、培土，長到一尺要牽網，然後是放火（卽點燈），一直到它結出花苞。」周吾喜數著手指頭講了許多種菊花的過程，聽得我們耳花撩亂，他停頓時我們噓了一口氣，他看得笑著說：「還沒有完咧！」

菊花生長的過程中要不斷地將多餘的芽摘去，還要經常噴灑農藥，一刻也疏忽不得。等到開花收成後，捆綁、運送都是大學問，他說：「菊花是很嬌嫩的，要小心侍候。」

問到爲什麼全省那麼多鄉村，獨獨田尾鄉種了這麼多花，六十歲的周吾喜很直接了當的說：「田尾是花的土地呀！」

這句話的意思應該是，田尾鄉利用濁水溪的優良水質灌漑，土壤肥沃，年平均氣溫在攝氏廿二點四度，最適合園藝植物的栽培，再加上數十年優秀經驗的累積，企業化的經營運銷，才使田尾成爲花的土地，成爲「花鄉」。

田尾鄉十九個村落中，柳鳳村與田尾村全部以種花爲業，溪畔村大部分以種花爲業，其他村落則多少種了一點花，這其中，打簾村是很具特色的，它以盆栽和園藝植物爲主，使田尾鄉的觀賞植物（包括花卉）面積高達三百五十公頃，全鄉近四千戶裡有七百餘戶的專業花農，約佔六分之一。

欲迴天地入盆中

我們到打簾村去，景觀與柳鳳村就完全不同了，清新鮮銳的草樹氣味取代了淡淡的菊花乳香，風景更繁複了，站在路邊的榕樹剪成的傘和涼亭，坐在園子裡的老虎是榕樹拗成的，低頭啄食的孔雀是九重葛的變貌，這眞是一個多彩多姿的「植物的動物園」。

我們遇到種園藝植物十五年的陳李載，他很熱心地帶我們在他的三分地的園圃裡參觀，許多細心剪裁折拗成的動物，可以看出主人的耐心與匠心，更高妙的是經過數十年運籌帷幄苦思經營的盆景。

在小小的園子裡，包羅萬象，甚至在一呎見方的盆景中，就包容了古樹芳草，水山奇石，亭台樓閣，彷彿一幅古畫中的風景被立體了起來，園主的藝術匠心很是令人讚歎，果然，問到陳李載爲什麼不種花要種園藝植物，他說：「大家種出來的菊花都一樣，園藝盆栽每個人種的都不一樣。」

過去的農業社會中，文人雅士常喜歡養植盆景，從盆景甚至可以看見一個人心胸的丘壑，思想的山水大地；到現在，已難得有人花三、五十年種盆景，可是寄情山水的傳統還是在的，盆景也確有它觀賞的價值，專業化的盆景種植便因而產生。

在田尾，一個普通盆景，售價也要千兒八百，眞正精心的傑作，配合久遠的年代，有時候能賣到三十萬元以上的高價。

陳李載就稱盆景爲「慢工出細活」，往往一個普通的盆景就要花費幾年的工夫，需要很高超的技術，以及很敏銳的觀察力，和藝術的匠心，

「盆景和庭園植物不是每年能收成，但是一收成就能賣很好的價錢，並不會比種花差，而且栽培的過程輕鬆有趣多了」陳李載說。

看了陳李載的庭園，我發覺現代人眞是太幸福了，只要花些錢，就能分享到花農精心修剪的各種不同風姿的風景了。

一日看遍長安花

像田尾鄉如此大規模的花園，將來的前途如何呢？

爲了這個問題，我跑到鄉公所去詢問，鄉長陳玉清因公外出，公所的職員建議我訪問在田尾生活五十幾年的鄉公所秘書林見珍。

林秘書告訴我，田尾花卉外銷日本、香港、菲律賓等地，每年金額達到三千萬元以上，內銷則每年在三千四百萬左右：如果加上庭栽和盆景，則可達到一億五千萬元，田尾七百戶花農，平均收入在廿餘萬元，收入不可謂不豐。

「爲了使田尾花卉發展更好，民國六十年，省政府配合農復會與田尾鄉農會共同辦理了『花卉訓練班』，派了許多專家到鄉下指導，在病蟲害防治、土壤改良、技術指導、分級標準、運輸工具及銷售方式上，均有許多進步，使田尾的花農更邁向多角的現代經營方式。」

林見珍談到田尾鄉的未來顯得非常高興，尤其當他提到田尾鄉將成爲台灣唯一的「公路花園」時，他說：「民國62年，前省主席謝東閔到田尾來巡視，看到這裡鮮花繽紛，芳草處處，指示利用原有的景觀，開闢一個公路花園。這個計劃經政府聘專家設計規劃，已建設了寬敞的公路，也架設了光亮的水銀燈，等到涼亭和觀光飯店建成，公路花園就完成了。」

由於「公路花園」的美好遠景，田尾鄉民不惜把種花賺來的錢捐出來，有的還把路旁的地獻出來，林見珍帶我在田尾的新闢柏油路上參觀，指出公路所有的地都是花農捐出來的，令我驚佩不已。

田尾的地方人士爲了建公路花園，組成了「籌建公路花園委員會」，積極從事花園的建設，國際青商會中華民國總會也籌募四千五百萬元興建包括十四項觀光設施的「青商花城」，從田尾鄉民的積極熱心，我們很能體察到他們愛鄉愛土的深厚感情。

但是，林見珍告訴我田尾鄉的一個隱憂，由於花卉收成好，不斷有鄉民把稻田菜田改成花田，而目前國內外的供銷正好平衡，再擴充下去恐怕會傷了花價。

「可是我相信，經濟好，花的銷路就好，今後，不論都市、鄉村，鮮花都將成爲人們生活中的一部分，田尾鄉的花將來會有更好的時光。」

綠章夜奏通明殿

夜晚，我們在田尾寬敞平坦的新舖道路上散步，田裡的菊花燈棚一羣羣地亮起來，有經驗的花農告訴我，一分田裡大約有一百盞電照燈，每隔六呎就有一盞，使電照燈像一張大蛛網，罩蓋在菊花田的上面。

電照燈是用來促進菊花的發育，燈照的長短可以控制花卉的發育，也可以控制花期，它本來很有實用意義，對於像我一樣外地來的客人，菊花田的電照燈的觀賞價值却又勝過實用意義。遠遠近近一片金黃色的燈海，那樣的情景彷如我們站在遠方看一座繁華的城市，臨到夜晚，城市的燈火輝煌，光網密密交織，迷炫了人的眼睛。

如果有繁燈的地方是城市，田尾鄉便是一座繁花的都城，而且它比一般的城市更迷人，它沒有汚染，沒有噪音，沒有奢侈浮華，人與菊花在其中過著悠閒的歲月，在悠閒中又充滿了希望。

我們在花田中散步到深夜，聽到不知距離的遠方，有野台戲優美的唱戲聲自花田那頭輕淡地流過來，益發使恬靜的菊花田看起來美麗而喜悅。

站在燈棚下看菊花的苗圃，青綠色的花苗，好像嗞嗞有聲的爭長著，使我忍不住要蹲下來，細細地觀賞。

這時候，我深深地被感動著，想到「傻子」羅箱首先在菊花田結燈棚的勇敢行逕，我悟到，每一座城市都有默默工作而被誤解取笑的人，連花的城市也不例外。

車看黃花吐翠微

花田散步的一夜，最遺憾的是沒能有一個極高處，看遍花都奇景，我把這個想法告訴羅箱，他微笑著說：「等公路花園建好，蓋了觀光飯店，你再來看吧！」

可是蓋了觀光飯店，我的感覺又會如何呢？人生難得有兩全的事，也許自然景觀會被觀光飯店破壞了。

第二天清晨，我們告辭了田尾鄉，搭車向這一座花之城市揮手。這時，田裡的燈熄了，花田上瀰漫了一片薄薄的白霧，黃的花，白的霧，青綠色的梗，黃褐色的泥土，交織成一片有顏色有生命的世界。與午後、與夜晚，又是一種不同的景觀。

早起的花農們已經到田裡種作了，一片美好的遠景從花農的背影推拓出去，再自清晨的曦光中閃爍出來。

誠然，種花是一種辛苦的行業，也是用汗水溉灌的行業，每一片花瓣都是花農心血的結晶，這些兢兢業業努力著的花農爲我印證了一個道理：流愈多的汗水，才能開出愈美麗的花朵。

武陵人

獨向千山頂上行

橫貫公路像是一條橫睡在千山萬壑裡的長蛇，卽令靜靜橫躺，也是靈活、鮮動，帶著一點猙獰。

車行在長蛇背上，山彷彿疊在車頂上，逼壓到身上來，左近的斷崖又把這種逼壓抒放開去。眼前這一線細細長長的天廊，成爲仰不及頂的山與俯不見底的谷凝聚的焦點。橫貫公路的美不是靈秀，而是粗獷。每一次折彎就是一次驚心動魄，每一動魄驚心又引來一幅更壯美魄大的風景。

因爲是暑假，沿途常可見到一小隊背著登山袋的青年學生，在公路上緩緩前行。車子到青山管制站後，開始穿越許多黑越越的山洞，又是另一番柳暗花明。

本來，橫貫公路犧牲了許多人的血汗，是為了鑿通中部與東部的交通孔道，實用的目的很大，沒想到打通後，它的觀光價值却超在經濟效用之上，沿途每一個中途站都成為觀光據點。從臺中市，車子奮進了三個多小時，才抵達中橫的最大據點——梨山。梨山的觀光旅店林立，並有大規模的水果市場，滿山遍野植滿了水果，儼然是一個市鎮的形式，觀光旅店的豪華却又是大都市的派頭了。

熱鬧的梨山也不免像一般觀光區，渲染著庸俗及人工化的習氣，這種習氣最能投觀光客的喜好，大多數觀光客都在梨山落脚。

我厭倦庸俗和人工化，如同厭倦豪華而沒有生命力的觀光旅店。因此，雖然到梨山已是黃昏了，仍搭上最後一班開往武陵農場的公路局汽車，這一條路是中橫的支線，風景的秀美比諸主線猶有過之，乘客稀稀落落，窗外涼風颯颯，呈顯出一股秋深的涼意，山下的夏日炎炎和人聲喧鬧全被抛在腦後了。

隨著車輪的疾轉，我們步入另一個世界。

開闢生命的荒地

到達武陵農場場部，天色已經黯淡，場部的福利社關門了，招待所又客滿，我們只好再往內部的林務局招待所進發。

細窄的柏油路上，沿途的水蜜桃、水梨、蘋果都已結果，南洋杉挺直地站在果樹林中，顯得灑脫而有個性。遠遠近近都響著搶在夜幕前唱最後一首歌的鳥聲，短捷高亢的鳥聲溶在山中，也成了寧靜的一部分。

走了五公里路未曾見人煙和踪跡，使我心裡有些驚慌，好像整個人慢慢被森林吞沒，這時，我看到不遠處有一個倉庫，庫前水泥地上三位年輕人在聊天。當我詢及到林務局招待所的路徑時，年輕人說：「往招待所還要六公里，也不一定有吃的睡的，我幫你想想辦法。」

然後我們決定到技術員家裡求助。

這三位年輕人是淡水工專的學生，利用暑假到農場打工，技術員等於是他們的領班，發生什麼事都找技術員。我們摸黑走五公里才走到技術員的家，技術員陳榮茂是那種住久了山林而自然蘊育出豪情的人，馬上叫他秀麗的太太煮了一鍋色香味俱全的肉絲麵，一味還道歉著：「山裡吃不到什麼好東西，千萬請原諒。」

陳榮茂民國五十九年自華夏農專畢業後，就到武陵農場開闢他生命的荒地。他說：「我原來只想幹一年就下山，沒想到在農場住一年，一下山覺得渾身不舒服，只好留在山上。現在只要下去一天便睡不着覺，山上山下眞是霄壤之別。」

他表示，光是「開門見山」這一項已經够教人迷戀了，爲了迷戀山，他在山上結了婚，在山上生下第一個孩子——孩子出世後，他驀然覺得，他的根是紮在武陵了。

其實，技術員的工作並不輕鬆，每個人管三十多公頃的果園，要指導工人從施肥、灌溉、除草到採摘一手包辦，而且不能出岔子。「果樹和人一樣，只有善待他們，才能結出很好的果子。」陳榮茂清晨便到果園工作，夜幕深垂才回到宿舍，他毫無怨尤，每天能和青山白雲相對，隨時都有一股蓬勃的生機從他的心頭滋生，他淡淡的說：「我打算在山上終老了。」語音雖淡聲量雖小，却是果決而不可更變的。

他幫我們安排在果二班的倉庫過夜，來打工的陳英仁陪我們摸黑走夜路，才晚上九點鐘，繁星已經滿佈，山中的景緻不再是白日裡青綠的淡彩，而是隔著夜紗的蒼鬱潑墨，夜的武陵更像是山連著天的大塊文章。

路右側的武陵溪響亮的奔湍，流水聲沁入我的肌膚，整個武陵農場的夜涼襲入了我的內裡，並緩緩的脈動，我終於知道陳榮茂要終老武陵的理由了，那是像，夜空的星子凝在天上一樣的自然。

平靜的農場生活

有時候，睡倉庫也是很舒服的經驗。武陵農場縱使是夏日的夜晚，也要上下各一牀大棉被，夜裡溫度大約攝氏十二度左右。

陳英仁告訴我：「武陵農場沒有蚊子、蒼蠅，空氣又清新流暢，我在平地很少睡過像這裡這麼好的覺。」

果然，一夜無夢到天明。

第二天漱洗時，水幾乎是零度的冰水，陳英仁幽默的說：「夏天的武陵是晚秋的天氣，初冬的水。」

我們的早餐是稀飯饅頭，外加花生、黃瓜、蘿蔔等六道小菜，因爲天涼，大家都吃得很多。早餐後，我們在果二班平房前的花園散步，和班裡一些老榮民及來實習的霧峯農校學生聊得很愉快。

榮民們都在武陵住了十幾年，對武陵有一種無形的情感，他們在這平靜的農場生了根，於塵世的風雲競爭也就了無掛礙了。

七點正，我隨打工的學生走一公里多的山路去上工，他們今天的工作是包防護紙袋。就是在每一個水蜜桃上套一個油紙袋，以防陽光的照射及蟲鳥的啄食，工作雖然輕鬆，却很繁瑣。清晨的水蜜桃顏色如美麗呈靜姿的少女的唇，透著欲滴的紅潤，桃尖更是有一種誘人的朱紅。

陳英仁摘了一個熟透的水蜜桃請我吃。他說：「沒關係，我們老闆叫我們好好工作，水蜜桃儘量吃。」

所以，他們每天上工前總要先吃個水蜜桃，稱之爲「冰鎮水蜜桃」，因爲經過一夜的露凍，桃汁像冰鎮過一樣，香甜而清涼。一個打工的學生告訴我：「我是因爲可以大吃水蜜桃才來打工的。」

他們一天工作八小時，工資是新臺幣兩百元，供膳宿，一個月的工作可以換取半年的學費，工作又如同度假避暑，學生們樂此不疲，現在武陵農場裡就有一百多位打工的學生，來自全國各大專院校。

他們日出而作，日入而息，過著快樂而豐安的生活，陳英仁說：「這裡沒有競爭，沒有喧鬧，沒有勾心鬥角，太陽出來是新的一天，太陽西沈後就準備就寢了。住久了，人的鬥志會被磨掉，但是山裡又需要什麼鬥志呢？」

正在工作的時候，老闆來了。老闆叫蔡勝東，是中年漢子，他今年承包了武陵農場所有的蔬菜，以及三十多公頃果園，他原來在宜蘭做生意，七年前開始上山專做武陵農場包商。

他說：「在武陵農場包果園，由於標價的人多，不見得能賺大錢，但是只要有一年夏天在這裡做過生意，就懶得下山做買賣了。」他認爲，做農場生意與避暑一樣，每天只要能在一望無際的果園走走，也就心滿意足。

蔡老闆開著福特千里馬自用轎車，帶我去看蔬菜的採摘。他今年以一千八百多萬元標中蔬菜承包，這些蔬菜包括甘藍菜、大白菜、結球萵苣、甜椒、青花菜等等，都是份量頗重的高冷地夏季蔬菜，由榮民們自己經營，他說：「榮民年平均收入高達新臺幣六十萬元，生活比我們這些包商還過得好。」

我們到達菜園時，有一羣工人正蹲在地上摘大白菜，並包裝送上卡車。連綿到山上的一大片高級蔬菜，整齊的阡陌，開闊的菜園地，眞是撼人心魄。

站在高處，俯看工人們的汗水流在菜園中，陽光照著菜葉變幻成的顏色與層次，不禁令我想起陶淵明的桃花源：「土地平曠，屋舍儼然，有良田美池桑竹之屬。阡陌交通鷄犬相聞。其中往來種作，男女衣著，悉如外人；黃髮垂髫，並怡然自樂。……」

煙聲瀑布・世外桃源

最美妙最奇瑰的風景，通常隱在最深最不易至的地方，武陵農場也不例外，當農場的人指給我看一座山形彷若　國父仰首觀天的「國父山」時，並告訴我頂上有一個武陵最美的風景「煙聲瀑布」時，我便按捺不住去攀登的衝動。

煙聲瀑布原有一條柏油路可以直達，可惜臨時找不到汽車，我們只好走捷徑，步行前往。所謂捷徑，便是在山壁間鑿出的小路，約有一尺半寬，十分陡峭，路的兩旁長滿雜草，草裡又不規則的直立幾株杉樹。

登到山頂，回首俯望，可以淸楚看到我們從場部的來路，成爲一座長方形的狹谷，蔬菜的梯田交切著果樹的山坡，構成仰臥著的青山一列。潺潺的武陵溪與柏油路平行著，且順著狹谷的深處向下滑去——這時，我眞知道，部分的美景再輝煌，也不如整體的美之組合來得光耀。

到山頂向瀑布還要走四百公尺，走在山脊上，陽光的明暗變化就顯得更淸晰了。遠遠，一條兩百公尺高的瀑布，像垂在靑山間的白緞子，在風裡如布起伏飄動。配合瀑旁兩個斗大紅字「煙聲」，越發觸目驚心。

瀑布周圍十公尺內，有一股凜人的寒意，宛若初冬，據說，瀑布的水是雪山積雪溶化後奔流而下，水溫在零度左右，加上瀑布三面環山一面臨谷，陽光終年不能照射，自然形成蓊鬱寒涼的小天地，順著瀑布便流成農場的水動脈——武陵溪。

瀑布前的原始林也有一個奇景，所有的枝枒都向下垂，新芽則往上長，那是冬季被大雪壓成的。瀑布下勢很急，濺出的水珠像一層圍繞著的煙幕，凌虛御風，是其他瀑布少有的景象，瀑而有煙，煙而有聲，也算是瀑布的最高境界了。

「煙聲瀑布」的美使它前面壯觀的「觀瀑亭」也顯得低俗了。

我們正要循原路下山，正好農場的專車開了上來，場長夫人蕭太太帶了水壺上山，要裝煙聲瀑布的水回去泡茶，她說，煙聲瀑布的水甘冽香淸，甚至勝過杭州的虎跑泉，每有客人來，她總要帶一些回去泡茶。

我們搭武陵農場的便車下山，沿途千迴百繞，自有與步行不同的趣味。開車的司機非常爽朗健談，沿路不停說農場的好處，常常有朋友問起開計程車好賺，他爲什麼要開農場的車子，他說：「你要是愛上這個農場，便再也沒有選擇的餘地了。」

將來的武陵農場

遺世獨立的武陵農場，今年已邁入第十五個年頭，它成立於民國五十二年五月，與清境農場、福壽山農場並稱爲輔導會三大農場。

我訪問到農場輔導組的組長柯澎，他負責農場業務已有七年的經驗。據柯組長表示，武陵農場的土地面積共有七二四公頃左右，其中有二一五公頃因爲坡度過大，予以造林來保持水土。剩餘五百餘公頃可栽培果樹及種植蔬菜的土地，已開發的將近三百公頃，目前正在努力擴展中。

「武陵農場的開闢，一方面是爲了安置退除役官兵從事農業生產，一方面是開發橫貫公路的山地農業資源，並希望把這些經營成功的農業技術推廣民間，以普遍提高山地利用價值。」柯澎說。

柯組長表示，武陵農場的地分兩種經營，一是農莊安置，在誠、善、親、民四個農莊中，單身場員每人配地〇・三公頃分耕合營，有眷場員每戶配地〇・四五公頃。二是個別農墾，每戶配地二公頃。「這兩種方式全以經營高冷地蔬菜及溫帶落葉果樹爲主，每人每月平均收入在兩萬元左右，大約等於平地的經理級薪水，所以有很多榮民在臺北市購屋置產，已經不足爲奇了。」

過去的十五年中，武陵農場大量的水果經營，使它成爲臺灣水果市場中蘋果、梨子、水蜜桃的主要供應地，這自然是榮民們胼手胝足努力的成果，也是輔導會的輔導策劃有以致之。

將來，武陵農場將朝什麼方向發展呢？柯澎表示，武陵農場雖已奠定了良好的生產條件，今後仍必須繼續發展。在果樹方面：盡力指導培肥管理，改進果型與品質；利用廿八林班高臺地一百公頃大量種植蘋果，以減少蘋果的進口，達到自給自足的目標。

在蔬菜方面：輔導嚴格的計劃生產，加强國內外運銷，發展高價作物，並努力於品種的改良，改善分級、包裝、冷藏、存儲的設備，以及推廣大規模的農業機械化。

除此之外，武陵溪的清洌及水溫頗適合養殖名貴的鱒魚，現正在試驗養殖，一俟試驗完成，將開發一鱒魚養殖場。

武陵的風景秀麗，自然景物優美，極具發展觀光事業的潛力，近來雖遊客日益增多，但是仍然沒有良好的住宿地，輔導會與觀光局計劃在武陵農場蓋一座耗資二千七百萬的「武陵賓館」以利遊客住宿。武陵農場三四月間桃花、梨花、杜鵑花開；六七月盛產水蜜桃，八九月盛產梨子、蘋果；一二月又是雪花飄飛如銀裝世界；賓館一旦落成，這些美景將可以展現在世人眼前。

我與柯澎在場部前的蘋果園中散步，詢及他到農場七年的感想，是不是想要下山去。柯澎微笑著說：「我現在偶而下山，一天都呆不慣，還是在山上比較安適，恐怕以後我也不會到山下去的。」

一個小小的驛站

到武陵農場的日子使我迷惑了。

我想到，等「武陵賓館」一旦構建完成，武陵將成爲一個觀光勝地，遊客不絕於途，固然給武陵帶來一些經濟的利益，也必然會破壞了武陵的寧靜，到時，安於平靜而避世的武陵人將何以自適？

或者，他們不再是日出而作日入而息，也要像梨山的小商人，在星期假日挑著水果蔬菜到賓館前叫賣，這些問題像一個沈重的車輛，在我心裏緩緩輾過。

使我最驚異的是，我所接觸到的武陵人，都顯現出終老山上的意願，如同把生命的長錨徐徐下碇，而且，碇後不再起錨。我在想，當低俗的觀光客帶來噪鬧後，他們的錨是否還安在此處？雖然我想得多，武陵農場再好，對我也只是一個小小的驛站，驛馬的草料尚未餵足，又要起程了。河山終古是天涯，現代人哪！將到何處去下永遠的生命長錨，安於平靜，安於溪泉飛瀑，甚至只安於月色鳥聲？

在我搭農場專車回程時，一位與我同車的霧峯農工實習學生正趕著到梨山就醫，他的足踝被打草機割傷，深可見骨，血流不止。我這時才知道，武陵雖是「現代的桃花源」，要學做一個武陵人也不是容易的事！

美濃小鎮的唐宋山水

美，到了極處自然動人，動人到了極處又歸返於質樸。

有了這樣的認知，就能有更大的包容量去接受、去挖掘那些隱在角落最偏靜的美——這時候，就像潛藏在內心最深處的一滴水突然溫暖了起來。

一個鄉鎮是一個整體的生命，所以，不能用什麼方法詮釋她，而祇能捕捉她某一時刻輕輕逝去的流動的一景。而且不能馳車去捕捉，馳車對藝術工作者是一把狠毒的刀，會割裂要探訪的鄉鎮。最好的方式是徒步去那個鄉鎮，才有機會一步一步走進她的靈魂，然後才可以感覺，並且捕捉她的美與動人。

鄉鎮的整體生命固然能感動我們，但是她能更深刻震撼我們的，往往來自她的某一景、某一物、某一人，她使我們拿相機的手喜悅得緩緩顫抖，她使我們走在田路上的脚步禁不住要雀躍起來。對整個鄉鎮，這些人、這些景物用她們微小的片斷表達了這個鄉鎮，她祇要一個小小表情，就是整個鄉鎮風格的胚胎之源了。

我徒步去美濃，便是抱着這樣的心情，我說我去過美濃，並不是說我能解說美濃，祇是說，我曾經被那種動人到極處的美深深撼動，並且我曾經企圖捕捉撼動我的人與景。

剛剛睡醒的鄉村少女

走進美濃的時候是清晨薄霧將散未散的時刻，此時她像是一位剛剛睡醒的鄉村少女；毫無整飾的臉，柔和清淳得使我忍不住要去親吻她的額頭。美濃的田地和房屋有很一致的格調，她不是高貴如蘭，而是安靜似開在野風中的小花。

新年雖然過了很久，但家家的春聯都還保持鮮艷的紅色。我走進一戶人家，看到一位身着老舊唐裝的客家老婦正坐在籐椅上沉思，她右側的供桌上香燭冉冉，桌面舖着一張鮮艷青春的桌巾。

老婦並不言語，晨光自她背後的窗扉透進，使整個房屋有一種古中國的溫馨；老婦的沉穩交揉着環境的鮮新，這時候我感覺到老婦是有言語的，因爲言語的深處總是無言。

我仔細觀察顏色在鄉間的調配。我看到一個磚紅色多變化的窗開在青灰色的牆壁上，窗上一張小小春紙，左角掛着一頂土黃色的斗笠，那是無意間色彩感覺的呈現，却像是經過一番藝術的匠心。我覺得，這才是未經濡染的中國色彩。

我又注意到光和人之間的關聯。我走進一間焙烤菸草的菸樓，蒙面勤勞的客家婦女正把焙過的菸草整理放進箱中，菸樓祇有一盞小小的六十燭光燈泡，我站在一個小門看燈光映在她們臉上的金黃色光澤——那是生活的美，比藝術的美更深刻。

美濃是一個尚未被工業文明汚染的鄉鎮，所以她的農業色彩常常能表現出眞正的原神。我生長在美濃鄰近，時常到美濃。有一次是下雨天，看到一輛紅色的牛車，車上坐一位穿簑衣趕牛的農人，過橋、涉水然後步向空曠的田野；那是午後的雨的黯淡，牛車的出現却彷彿一幅唐宋的山水。

後來雨停了，我走過泥濘的田路，竟見到遠山的霧未散，近處有一叢竹和一株黃金色的小樹，此時我肯定美濃也有純粹的美的風景。

我們到一個地方，眼睛看到了風景，脚上踩過了泥土，還不能算我們眞正到了，而是要我們心靈的眼睛能體會出那個地方的風格與生命，我們的心曾和她緊緊相貼，她在我們的心上繪畫，然後我們才能說：我眞正到過了。

美濃也是這樣，我無法詮釋她，但是她的美與動人曾不必言語的自我心頭深深的掠過。

走上走下，不如月光山下

看過了美濃的輕靈的美，我們還無法勾勒出美濃較深刻的內裏。

美濃有一座很美的山稱爲「月光山」，它是從中央山脈延伸出來的，輕輕地圍抱着一塊適於耕種的平原地，像慈母用關懷的手臂抱着初生的幼兒。也由於月光山的阻隔，使美濃斷絕了和外界的接觸，經過很長的時間，她還能保持一分獨特的平和與寧靜。

美濃的父老們也獨愛這一分平和與寧靜，在美濃流傳着一句古老的俗話：「走上走下，不如月光山下。」

我常常遠遠望着月光山沉思，那座山稜角銳利，有點像一把關刀，從這裏似乎能看出美濃人固執的性格。他們很難妥協，尤其是對現代文明，在鄰近的幾個鄉鎮都已經逐漸現代化時，她還能保存它的原色。

這種原色的保存，一方面來自地理位置的偏僻，僅有兩條道路，一條經旗山通往高雄，一條經里港通往屏東。一方面是美濃六萬人中有百分之九十五的客家人，個性趨向保守，又對中原文化有强烈的偏愛，致使她的生活仍是農業社會的方式，她的建築格局還是中原文化的老格局。

從文化的保存上看，這自然是個好現象；就鄉鎮的進化上看，却是一個落後的地方。當我讚歎美濃的美，想到她將往那一個方向走時，我往往找不到答案。

經濟找不到出路

美濃最重要的經濟來源，是來自農田，她的主要作物是香蕉、稻米和菸草。這三樣作物使美濃形成十分特殊的景觀，葱鬱的香蕉園、濃綠的菸草、淺綠的稻田，三者交織成一片綠的世界，那樣的世界自然是美的。

可是從經濟的角度來觀察，這三樣作物都要付出很大而持久的勞力，獲利却相當微薄。所以整個美濃就是一個勞力的鄉村，不但男人要下田做粗活，女人和小孩也要下田幫忙。由於收入低，使大部分美濃人要相當儉苦，才能供應兒女去受高等敎育。

因爲美濃的土地可以種稻，又可以種菸草和香蕉，使美濃人往往抓不準應該種植什麼作物。有的農人看到種香蕉賺錢，就翻了稻田去種香蕉，等香蕉跌價，又後悔不迭。最近因爲公賣局統一購買菸草，價格穩定，於是很多的田又趕緊植上了菸草，可是半年收成一期的菸草，帶給他們的經濟利益也很微薄。

當然，美濃人也曾努力突破經濟瓶頸，如經營養豬副業，但情況一直不好。一個美濃的老人曾滿臉怨氣地告訴我：「爲什麼市場的豬肉一斤五十元時，我們的豬一斤是三十元，市價八十元時，我們的豬一斤還是三十元？」從這裏，也可以反映出美濃人對養豬事業未來的展望了。

農業如此，工商業更不用談了，她依舊保持老式市集的形式，未見進展，這也是看不到美濃前途的一個因素。

一個有教育又落後的鄉鎮

因爲現實世界的挫折，使美濃人祇好把希望寄託在遙遠的未來。他們不管拚死拚活，總要讓子女們去受較高等的教育。自好的方面說，提高下一代之知識水準；從壞的方面思考，却是一個渺茫的希望。這種拚死拚活的精神，使美濃培養出不少大學生，還有許多碩士和博士，使她成爲高雄縣最享盛譽的教育鄉鎮。

可是這種教育的榮光，並沒有爲美濃帶來繁榮，不管是博士、碩士、學士，返鄉改善鄉梓的大概祇有百分之一，其餘的美濃知識分子都在城市裏工作。他們雖然也懷念鄉土，雖然也懷念月光山，可是對一個落後的鄉鎮，懷念又有什麼好處呢？

這些年人力外流的結果，也使美濃僅剩下老弱婦孺種莊稼，攝影家和畫家到美濃看到一幅黃髮垂髫的耕作圖，自然是見獵心喜；社會學家和經濟學家到美濃，就要聚額愁眉了。

美濃！趕快往前走吧

多年在美濃的來往，使我經常思索到她的去處。

可是，美濃的步調永遠那麼緩慢：農人慢慢的耕作，美濃溪慢慢的流，住屋慢慢的長高，街道慢慢的變寬。我眞爲她心急，她要什麼時候才能走得快呢？

我思索不到她的去處。

我衹能說：趕快往前走吧！

美濃！

煙波江上的製陶人家

火車，緩緩滑過大漢溪，夕陽的餘暉斜斜映在水波上，在迷霧般的溪水上照射出多彩的水影，一羣白鴨悠閒地在煙波水面上搖動尾羽。

鶯歌，是一個令人難忘的小鎮，它竟旁依在這麼迷離優美的大漢溪畔。

從大溪開始，大漢溪就以一種平和坦然的步姿，婉轉地穿過三峽，然後抵達鶯歌，穿過鶯歌，又施施然往山佳的方向流去。大漢溪所經的這四個小鄉鎮都有自成的美麗格局，其中又以鶯歌——旁山面水的小鎮——最能讓我們一眼就看見它獨特的內裏。

在桃園臺地上向下俯望，幾百隻老舊的煙囪張著烏黑的口仰視著藍色的天空，這些煙囪雖然已經不再冒煙了，製陶的行業却一代一代在這個小鎮生生不息地流傳下來。依靠製陶維生的人們，自清代開始，就把軟軟的陶土和瓷土拉成器皿，在拉坯中，鶯歌鎮也被一點點地拉拔成長了。

臺灣的景德鎮

走進鶯歌鎮，在街的不遠處看見一個防空壕上站了一個黃袍老頭兒，仔細一瞧才看清是土地公。鶯歌鎮民不用木雕，也不用泥塑，却用瓷器塑造了他們的「福德正神」，鶯歌的陶瓷業與鶯歌文化，彷彿在這個土地公身上已看出端倪了。

就在土地公守護的那條大街往前走，就這樣隨意地走，隨意往街兩旁的房屋內探首，陰暗的廳堂中總是有人細心而嚴肅的做著陶瓷，有的人單調的用毛筆畫著金邊，有的人用手揑轉著一個粗坯，有人把坯整盤整盤的放進燒窯中去……

百年來，他們就重複著這樣的動作，不斷地重複這樣的動作。

在鶯歌，大大小小的陶瓷廠大約有三百家，占了全省陶瓷的百分之八十，其餘的百分之二十則分佈在北投、淡水、新竹、苗栗各地。

三步一家五步一廠的陶瓷廠，使鶯歌成爲國內陶瓷的重鎮，曾有人讚美它是臺灣的景德鎮——據說在明朝萬曆年間，景德鎮的官窯也有三百餘座，民間的燒窯更不可勝數——景德鎮的陶瓷自宋朝一直傳到明清，乃至民國，竟跨海到了臺灣的鶯歌。

然而陶瓷廠密集的鶯歌鎮並不出產陶土和瓷土，它的陶瓷土都是依靠進口，或來自三峽。由於早期的陶瓷要依靠煤來燒窯，鶯歌產煤，自然地，陶瓷便集中到這裏來了；三百年前鄭成功來臺灣後，鶯歌務農的人在這種優勢下，便紛紛放下了手中的鋤頭，揑起陶瓷。

如今，鶯歌的煤已經沒落，但是從苗栗引來了天然氣，使那些微火又燃旺起來，使我們想到陶瓷就想到鶯歌，正像我們想到景德鎮就想到陶瓷一樣。

小河淌水般地流下去

如果從地理位置上，從歷史的脚印裏還不能明瞭鶯歌，我們可以從鶯歌人一生的縮影來了解它。

我在鶯歌鎮上彎彎折折的找到一家小陶瓷廠，在陰濕的室間，我看到一位沉默而冷然的老人，他仔細地用手修飾著剛做好坯的坯口，坯在木架上旋轉著，一條條土屑自他的指縫間流出，像是他的歲月。

蹲坐在旁邊，我和老人細細談起他已經輕輕流去的一生滄桑，他的語氣中充滿無奈，說出的話如同小河無力的流水。

陳進興老先生今年已經六十五歲了，他十九歲當學徒，屈指一算，玩泥土已經有四十六年的歷史了。

他很小的時候，鶯歌已經有幾十家燒窯的工廠，刻苦的鶯歌人用這些陶瓷慢慢建立了他們的王國，他青年時代，中日戰爭爆發了，機器被沒收了，陶瓷也賤價了。陳進興因沒有一技之長而吃盡苦頭。他說：

「那一段日子，我用手揑成一個歪歪扭扭的粗坯，自己燒窯，一叠十個碗要到處求才能換一斤米。」他的生活也就這樣扭扭歪歪地熬過來了。

光復後，陳進興重新來過，他買了地，買了機器，又開了工廠，可是由於經營不善，工廠不久就倒閉。「我幾次想放手不幹，可是從少年做到那時，是說什麼也放不下手了。」陳進興說不出什麼理由支持他繼續做，可是他要拚一口氣。我們知道，這一口氣代表了陶瓷已經是他生命的一部分，也是他生命的理由了。

想想曾經相依爲命的陶瓷，怎麼放得下手呢？

陳進興的陶瓷終於又做起來了，他不再請工人，動員全家大小在陰暗的小房間裏拉坯製陶，還自己燒烤，如今工廠有了轉機，他又花三十萬元蓋好一個瓦斯窯，他說：「恐怕要做到棺材裏了。」

當我們看到陳進興膝下十幾歲的黃毛小兒，正忙碌的搬移粗坯風乾時，我們知道我們看見鶯歌了。他兒子將來很可能繼承他的工廠繼續做下去，沒有理由地做下去。

對鶯歌鎭民，依陶瓷爲生是不需要理由的，它像小河淌水，經過推翻滿清，日據時代，光復臺灣，所有的阻力都是河中之石，有時使水微弱，但是它終究要流出來的。

老師傅的一雙手

我們在鶯歌鎮上穿門過戶走幾趟，會發現鶯歌鎮上的陶瓷師傅都是額頭上寫滿山水的老人，他們的手藝也和他們的年歲一樣，逐漸成長而進入化境，可是手藝的命脈竟也像歲月一樣逐漸地走入尾聲了。

我訪問到今年七十七歲的陳金福老先生，他正坐在一個旋轉的轆轤邊拉坯，他先把淡褐色的瓷土條用手一條條打成圈，然後開動轆轤，開始拉坯。

只看到他雙手輕按在瓷土上，瓷土在旋轉中慢慢拉高，那是一個神奇高妙的動作，數分鐘後，一個精美的瓷土粗坯在他手中成形，當快速旋轉的轆轤緩慢下來，終於停住時，我才相信自己的眼睛看到這樣的手藝。

陳金福拉坯五十幾年了，問起學這等功夫要多少時間，陳金福瞇起眼睛：「也不一定，不過三、五年的功夫祇能做粗的瓷器，要做到細和精美，至少要二十年。」

我聽了不禁咋舌，他笑一笑，說：「我現在做的是仿古瓷器，不是一般的日用品，這是藝術品，不是那麼簡單的。」

他告訴我，現在市面上看到的磁器，有很多印著「大清雍正年製」的大印，都是出自他的手，要做到和雍正年間的景德瓷一樣，五十年都還嫌短。

問到陳金福少年學拉坯的生涯，他的技藝是得自內地師傅的傳授，他說：「年輕的時候做學徒，除了拉坯以外，還要掃地、做雜事，甚至給師傅準備洗澡水，師傅兇起來還會打人罵人哩！」

由於受過舊式學徒的訓練，使陳金福一直不敢，也無心傳授學徒，他說：「現代的學徒是罵不得的，不要說掃地倒水了，有幾次有些人找我學拉坯，開口就問：『一個月給我多少錢？』我氣得把他趕出門去。敎他東西，還要給他錢！幹伊娘！」本來一直微笑的陳金福，談到這件事不免激動起來。

不收學徒，使如今在陶瓷廠拉坯的大師傅們都是六十以上的人了，滿腹牢騷。我又問了幾個師傅，都吐著同樣的苦水。

誰不想把自己摸了五十年的技藝傳下來呢？可是現在的年輕人只求近利，不期遠功，誰又肯去學幾年無錢的技藝呢？於是，在「傳」與「不傳」之間，老師傅們只好選擇了後者，原因是：「受不了一口鳥氣！」

老師傅的一雙手傳不下去了，連帶的也影響到陶瓷的遠景，高級的陶瓷廠在人才難求時，只好高價到香港去聘請師傅。

這也不祇是陶瓷的問題，而是民間手工藝普徧的現象，我走過全省許多做手工藝的地方，看到年老的師傅們竟還苦撐自己的絕活，使我十分感傷，民間手工藝的道路應往什麼樣的方向走呢？

以陳金福爲例，幾十年了，瓷土還是瓷土，轆轤還是轆轤，人，却老了，歲月，流逝了，有生命的陶瓷往那裏去尋呢？

在曚曨中遠去

不同的是，老鶯歌也慢慢有了新的面目，脚踏的轆轤裝上了馬達，旋轉得更快，做出來的東西勻稱。土窯子改裝了瓦斯，成品可以得到更有效的控制，熱度也使瓷器更精美。可是，這些外表的繁盛埋不住它內裏的隱憂，藝術的陶瓷到底不是機械所能生產，它還需要老師傅的巧手和靈心。

當然，若是以整個市鎭爲觀點，鶯歌已經從器物的陶瓷逐漸走向建材的陶瓷，如瓷磚、馬桶、咖啡杯、壁磚等，燒窯的煙炊在瓦斯到來後也已經許久不冒煙了。

鶯歌的這種轉變，就像它慢慢整建出來的高樓大厦，古老有趣的街市已經急速的沒落了，當我們看到鶯歌生產的瓷磚與馬桶時，它似乎也意味著陶瓷手工藝的流失了。

對於一個鄉鎭，我們當然不能阻止它往工業的路上走，可是我們希望它往無情的工業方向走時，還能保有一點有情的趣味——那才是大漢溪畔的鶯歌呀！

從鶯歌回來的火車上，我一直回想著美麗的鶯歌，夕陽正射在大漢溪上，色彩連著水波，竟看不眞切的矇矓了起來。

鶯歌鎭，一百年來藝術的陶瓷業也在矇矓中逐漸遠去了。

剃刀、閹刀、檳榔刀

——江湖三把刀

農村社會的鐵飯碗

農業社會時代，「江湖三把刀」一直是人們最羨慕的職業，這三把刀是閹猪刀、檳榔刀和剃頭刀。

人們之所以羨慕這三個職業，由於他們的收入穩定，是農業社會不可或缺的「鐵飯碗」，加上他們的職業性質可以到處走江湖，比安守固土的農村人士見多識廣，常成爲農村社會傳播與消息的來源。

一直到十幾年前，臺灣的鄉下還能經常看到肩上擔著一付挑擔，兩頭各有一桶，一桶是工具，一桶是水，風塵僕僕走江湖的剃頭師傅；以及手挽著一個小包袱，包袱中裝滿檳榔和一把小刀的檳榔師傅；還有拿著一碗石膏和藥物攪拌成的「閹猪藥」，一把小利刀的閹猪師傅。

這三種人深入民間，從東村走到西村，南鄉逛到北鄉，形成農村社會十分奇特的景觀。

可是，這種奇特的景觀已經漸漸消失了，「江湖三把刀」在面對整個經濟結構的改變時，慢慢產生質的變化，逐漸被粉碎了，從「鐵飯碗」的被打破，未嘗不能體察整個社會觀念與生活方式的變化。

「閹猪刀」走投無路

有一次，我到臺北縣鶯歌鎭去，就遇到一位曾經赫赫一時的閹猪師傅江長夏，孤獨的坐在庭前的搖椅上抽煙，談到廿年的閹猪生涯，不禁滿腹的牢騷。

江長夏簡單的閹猪技術，甚至還是祖傳的，他自小家裡就養了一窩猪，很自然的便學會了閹猪的技術。他說：「談到閹猪的技術，其實也不難，它主要的是使公猪不能生殖，可以長得更好更快，在猪仔出生的一星期內下刀割除就可以了，長得太大就不能閹了，一方面是無法控制，一方面是有生命危險。」

但是，他表示，要閹猪閹得好也不容易，首先必須要會配藥物，用石膏和止痛、消毒的中藥攪拌，預防閹割後細菌進入猪體；其次，要有高超的手藝，能够一隻手控制猪仔的活動，一隻手操刀順勢，使猪仔能在最不疼痛的狀態下被閹割，也就是「要狠、要準、要快！」

江長夏表示，一個好的閹猪師傅兩分鐘就能閹一頭猪，常使村人以爲閹猪「太簡單了」，於是就依樣畫葫蘆，自己下刀閹猪，常常使猪仔因細菌的侵入，或疼痛而死去，村人自此才知道「閹猪也不是簡單的事」。

江長夏收入最好的時候是十年前，各地農會貸款鼓勵養猪，並從國外引進許多猪種，那時最忙碌的時候他一天可以閹一百頭以上的仔猪，幾乎成爲農村社會收入最高的行業。

許多養猪的人看了「眼紅」，便用鍋底的黑土拌石灰自己閹猪，還是無法成功，鄉人於是不敢貿然閹猪，使江長夏有一段好時光，把兒女們都栽培上了大學。

可惜，江長夏也是好景不常，近幾年農村社會的轉型，逐漸邁向工業化，農村人口向都市集中，養猪的人一天比一天少，少數養猪者也走向企業化的經營，聘有專業化的獸醫，「閹猪刀」的生意就日壞一日了。

江長夏十分無奈的說：「以前在莊下，每個家裡都會養個三五頭猪，準備過年過節宰殺，現在已經少有這一套了，有養猪的人專門養猪，一養幾百頭，閹猪的時候就找來醫學院畢業的獸醫，獸醫怕猪疼，不但給猪做局部痲醉，還要消毒，簡直比人割盲腸還要愼重！」

廿年依靠閹猪生活，把孩子栽培長大成人的江長夏，對於閹猪自然有一種難言的情感，談到閹猪的難以爲繼，連臉上的肌肉都會不自覺的抽動著，激動的時候還會冒出一句：「幹！以前每一趟去閹猪，回來還可以煮一鍋湯哩！」

江長夏放置在橱櫃中的閹猪刀已經生銹了，而且一點一滴被歲月腐蝕，恐怕在未來的日子中已經不可能磨亮，它退縮到江長夏心中成爲微弱閃爍的火光，有一天終要被社會的進步滅熄了。他不是個案，而是所有閹猪人的寫生。

「檳榔刀」日益難做

同「閹猪刀」一樣相傳日久的是「檳榔刀」，檳榔，曾經是農村社會中極重要的零食，也是交朋友時很必要的贈與物，它的功用與今天的香烟一樣，朋友相見總要先請一個檳榔，陌生人第一次見面也要先請一個檳榔。

這種農村社會極突出的特色，竟使以前初次到臺灣的外國人大爲吃驚，甚至鬧出以爲中國人是「東亞病夫」滿街吐血的笑話。

早期的臺灣農村，嚼檳榔成習的村人相當多，也就造成農村環境衞生的死敵，我們走在村道上經常會看到路上有許多檳榔的紅渣，既不雅觀，也不容易清理。

在檳榔最盛的時期，獲利最多的不是栽種檳榔的農夫，而是賣檳榔的小攤販，因爲他們的價格隨著農夫的收成轉，永遠有一定的利潤，也使「檳榔刀」大興，幾乎到了三步一攤的地步，而且他們是可以隨時流動的，並不因時地而受到束縛。

一直到這兩年，檳榔的嚼用者日漸減少，這種減少的趨勢不是某地的，而是全省性的，不是大家不再嗜好檳榔，是由於許多嚼檳榔有害身體健康的醫學報告不斷被提出來——甚至到「有百害而無一利」的地步。對身體，它會造成口腔癌，以及腸道的阻塞；對美觀，它會使牙齒黝黑，產生臭味；對環境，它會造成社會的髒亂；日漸明瞭了這些害處，年輕人也就視檳榔爲畏途。

嚼檳榔的人大量減少，最直接影響的也不是種檳榔的農夫，因爲他們可以改種其他的作物，受影響最大的是賣檳榔的小攤子，生意大受影響。

以前到處可見的檳榔攤子漸漸消聲匿跡，漸漸成爲一個鄉鎮僅存一兩個攤位，供應一些無法戒除的「老檳榔客」，在都市擺攤子的更是少之又少，我訪問到在臺北市北門擺檳榔攤子擺了五年的陳小姐，她的攤子還是父親傳下來的，對檳榔的日趨沒落有相當深刻的了解。

據陳小姐的分析，嚼檳榔的人「最多的是年輕的計程車與貨車司機，其次才是嚼了幾十年檳榔的老人。」她說：「檳榔的害處當然大家都知道，但是，它有一個好處是不能忽視的，就是能提振精神，對於長途駕車的司機先生，有許多是靠檳榔提神的，尤其是在冬天，檳榔還可以暖身。」

她的攤子因此才能勉強維持，至於檳榔的被戒除，原因不僅是它對身體有害處，與它的價格也有關係，她說：「最早以前，一塊錢可以買十個檳榔，後來一塊錢只能買五個，去年初變成兩個一塊半，現在則是一個一塊錢，最貴的時候高達三個十元，有些癮頭大的人一天要嚼五十個檳榔，誰還吃得起檳榔呢？」

檳榔價格的不穩定及偏貴，使許多人戒了檳榔，農夫們也由於如此而不肯專業種檳榔，生產量有限，價格當然貴了。

陳小姐還向我說明檳榔的吃法有兩種，一種是整個檳榔包葉子，專供癮頭大的人食用；另一種則是將嫩檳榔剖開，裡面包上石灰、甘草及老藤，供給一般的客人。

她一邊說明，一邊用小刀熟練的剖檳榔，並迅速的將石灰、甘草與老藤包在裡面，姿勢十分優美，這雖然無需什麼特別技術，但是要把檳榔剖成螺旋狀也不是一天兩天的事。在收入方面她的感慨很多，當一元十個檳榔時一天也能賣個三、五百元，現在一元一個，一天也僅能賣三、五百元，實在趕不上飛漲的物價了。

陳小姐說到檳榔的生意難做時說：「以前景氣好的時候，這個專賣檳榔的攤子就可以使我們一家五口溫飽，現在還要雜賣香煙和果汁零食才有辦法補足。」

將來檳榔的前途如何呢？陳小姐認爲回生乏術，她說：「檳榔是中國人的口香糖，現在口香糖那麼多，又便宜又沒有害處，誰肯來吃檳榔呢？」

這眞是個現實的問題，檳榔刀在面對現代社會的進程時，失去它的立脚處，也就免不了沒落的命運了。

從「剃頭刀」到「馬殺雞」

在過去的農村社會中，「剃頭」是一件相當有詩意的事，剃頭師傅挑著擔子從鄉路上走過，一路叫著：「剃頭！剃頭噢！」鄉人聞到剃頭聲，有需要理髮的人集中到街上，剃頭師傅把擔子放在街邊，就開始工作營生了。

有些大戶人家會有長工出來，把剃頭師傅請到家中理髮，家裡大大小小均排隊候剪，剃頭師傅則乾淨俐落的幫人修剪頭髮。

那時的理髮當然不像現在講究美觀，追求所謂的「藝術」，但那却是一項更生活化的藝術，剃頭師傅因爲是巡迴理髮，對於鄰近發生的事故瞭如指掌，他會一一把看到的、聽到的講給理髮的人聽，我小時候一聽到剃頭師傅來了，一羣孩子便跑去圍在他的身邊，聽他娓娓道著遠近的鄉垣故事，聽得入了神，即使理完髮也不肯離開。

剃頭的美好記憶遠去了，它的性質也隨著社會的變遷而更替。

先是由原來的剃頭師傅都是男性，變得愈來愈多的女性理髮師，起先也只是理髮，後來服務項目加多，從理髮、修指甲、擦皮鞋、挖耳孔，一直到目前的「馬殺雞」。

「馬殺雞」指的是一種全身按摩，理髮店爲了以此招徠顧客，一方面講究豪華無比的裝璜，一方面則招聘了許多美女，逐漸演變成「色情馬殺雞」，理髮店成了色情的溫床，好此道的顧客們去理髮已不再是理髮，而是「髮翁之意不在髮」了。

這種奇怪的社會現象，使想純理髮的男子望理髮店而卻步，警方也因此傷透腦筋，不久前，臺北縣永和鎮的十二家「純」理髮業者還聯名陳情，請警方加强取締「馬殺鷄」以維護業者的清譽，這個陳情的結局當然是落空了，因爲這是大勢所趨。

一位在臺北市城中區開了十餘年理髮廳的林維英，對這種現象感慨不已，認爲理髮業落到今天這步田地，實在不是業者所願，可是社會風氣如此，不「馬殺鷄」則沒有生意可做，大部分的業者只好隨波逐流。

當我們談到過去的「剃頭刀」時，他的感觸特別深刻，他說：「以前那種方式賺的錢沒有現在多，但是大家安業樂業，也得到社會的尊重，現在的理髮店大發利市，社會地位却愈來愈低了。」聽聽林維英的心聲，倒覺得我們的社會並不一定是「笑貧不笑娼」，而是其中自有一種人格的判斷。

關於取締「色情馬殺鷄」，林維英認爲只是治標的辦法，如何改善社會風氣，使大家不淫逸、不好色才是治本的辦法。

「剃頭刀」落到今天的地步，恐怕是當初任何人都想像不到的。

從「江湖三把刀」看社會

回顧三十年來，「江湖三把刀」中有兩把刀生銹，幾乎到不能使用；另一把則過分犀利，甚至把社會切割了一道很深的傷口；從這裡，確實能體察社會經濟演變的情形。

「閹猪刀」的走投無路，代表了農業社會養猪經營的企業化，也代表了社會卅年的教育中培育了不少優良的獸醫，更是一種社會觀念的革新。「檳榔刀」不再有舊日的輝煌，則表示了民眾生活的改善，以及民眾追求更科學、更健康、更乾淨的社會生活，這兩把刀便免不了被淘汰的命運。

「剃頭刀」變成理髮業的色情氾濫，則顯然是經濟進步過於快速，社會道德與文化氣質無法跟上的結果，人民平均收入增加，「飽暖思淫慾」，也呈現了經濟高度進步的後遺症——社會的墮落與奢靡。

觀察「江湖三把刀」的演變，我們必須有所警覺，不僅要維持從農業到工商業快速的進步，更要緊的是，不要使得來不易的進步流於道德頹壞的深淵。

「江湖三把刀」也反映了傳播事業的發達，它不再是口傳的、美感的，而有更深更廣的觸點，以及更確實的消息捕捉。

香蕉王國

唯一的景觀

車子行在台南往旗山的路上，左邊的山高而陡峭，右邊的谷深且險峻，一條細而彎折的路便在山羣裡蜿蜒，自龍崎到內門的一段是這條路的精華所在，車窗外的風景變化萬千，沒有一刻相同，近處被煙塵飛撲而成的灰濛濛草樹，遠處蒼翠欲滴的山，更遠處蔚藍的天多變的雲，谷底清澈的溪流，形成許多令人留戀的風景。

這條小路在三年前還是飛沙走石煙塵滿天，塵沙經常隨著車速灌進窗裡，一直到兩年前才歷經萬難鋪上柏油，使行在山中觀賞好山好水才不會被灰塵所苦。

車過內門，旗山的形貌才慢慢突現出來，起先在零落的村莊間有小規模的香蕉種植，間雜著竹林、菓園，或雞鴨養殖，偶而還穿揷一兩個魚池。漸行漸深，才猛然發現右邊是蕉園，左邊也是蕉園，前前後後都是蕉園，景觀變成單純而整齊了—奇巧的風景有變化的情趣，單純的風景却更讓人感知大地的雄渾與魄大。

一直到旗山鎮中心停車，我們才領悟到為什麼這個質樸單純而可愛的小鎮被稱為「香蕉王國」，因為「香蕉」是旗山除了人和建築物外唯一的景觀，這個景觀在旗山至少也有百年的歷史了。

旗山的對外交通依據四條馬路，一是途經內門、關廟往台南，二是路過楠梓往高雄，三是橫越美濃、里港往屛東，四是縱跨新威往六龜而接南橫，但是不管從那一條路進入旗山，風景都是香蕉。

香蕉的美是很難言說的，在圓滿的莖上有八到十張巨大的葉片，吐出的花蕊彷彿一顆巨大的橄欖，然後白花吐出一串串密接結實的果子，它的果實也是厚重而巨大。如果我們看着香蕉做聯想，它像是伸出土地的一隻大掌捧着一串甘香的果實，又像是一把傘撐着，讓我們能涼沁沁地自田埂走過。

看到香蕉，我便思及小時候砍蕉葉當傘的美好記憶，香蕉在水菓裡，也是我心裡唯一的景觀。

蕉農的一天

我是一個在蕉園長大的孩子，家裡種香蕉傳到我已經是第四代了，香蕉與我們密不可分，所有的心力用來培植蕉園裡的香蕉，所有的生活所需也仰給於香蕉，我們在蕉園中遊嬉，在蕉園中成長，靠在香蕉樹上溫習功課，種種記憶的美好，使我對香蕉生出一種莫可名狀的情感，現在要動筆寫香蕉，寫香蕉園的人與物，我抱著一種感恩和虔敬的心情。

香蕉收割和稻子收割一樣，在農村裡是很重要的事，前一天青果社的職員就會到處通知隔天要割香蕉，他會說：「明天交香蕉，在橘子園那個場，不要忘記了。」鎮裡的人也會一個傳一個的傳遍了。

一大早，媽媽就把我們兄弟喚起來，給我們每人一件沾滿香蕉汁的香蕉園工作服及一頂遮陽的斗笠，然後吃一餐豐富的早餐出發，等我們抵達香蕉園時，爸爸和工人們已經忙了一段時間，成熟的香蕉已收割好擺置在地上。

我們小孩子的工作就是「下果頭」——把一串香蕉割成一耙一耙——，和「採香蕉花」——將還粘留在蕉尾的枯萎花蕊摘掉——，整齊的放在挑擔上，讓身強力壯的工人挑到香蕉場去「驗關」。蕉場的職員很嚴格的將壞香蕉淘汰。以保護品質，然後將好香蕉過磅秤，寫成單據交給蕉農，這時工作已完成，過幾天，蕉農們就可以在信用合作社領錢了。

收完香蕉，不管價錢好不好，蕉農們都很高興，會三朋好友到媽祖廟後的攤子飲燒酒到深夜，我爸爸在香蕉收割後就經常夜半喝了酒吹著口哨回家。

蕉農最值得慶幸的事，是他們不像種稻子的農民的收成一年有兩個分明的句點，他們的收成是逗號，三天兩頭就收割一次，經常的收成使人打心底快樂起來。

三十年的途程

我快要三十歲了，我成長的歲月幾乎是台灣光復的歲月，對於日據時代的悲苦只能從父執輩的口中得之，對於光復以來這一段漫長的邁向更好生活的路途，我却是親自耳聞目見。

三十年中，香蕉王國有不少變化。我的幼年時代，香蕉剛剛開闢外銷市場，蕉農的生活非常單調，收入平平。我黃金般的少年時代，也是香蕉的黃金時代，一公斤香蕉賣四到六元之間，那時一斗米只要四十元，一串香蕉大約廿五公斤，可以換四斗米。到了現在，香蕉又稍微沒落，比起最好時差一點，比起纔光復時却又不可同日而語。

香蕉的好壞直接影響了旗山市鎮的景觀，民國五十到六十年間，穿沾滿香蕉汁衣服的蕉農却是百萬富豪，這時候，鎮內樓房大興，奠定了今天繁榮的丕基，農會存款佔全省鄉鎮第一位。旗山的影響力日益增大，成爲附近鄉鎮的交匯處，近在圓潭、內門、杉林、溪洲、美濃，遠到里港、新威、六龜，都以送子弟到旗山讀書爲榮，以旗山爲他們趕市集的地方。

旗山便不再純粹是「香蕉王國」，它由單純的農業鎮成爲商農並重的市鎮，許多蕉農開了商店，一方面經商，一方面還固守祖業，幾乎人人都發了財，近幾年香蕉比較差，非但沒有削減旗山的活力，反而使它的商業活動更頻繁更活躍。

或許有人會問，是不是有實例呢？我想，旗山鎭的外表本身就是最好的實例，二十幾年前，旗山鎭的中山路還是一些零零落落的平房，居住了很多農戶，現在的中山路沒有一間平房，是旗山最熱鬧的商業區；以前居住貧戶的「溪底仔」，現在成爲市場，每星期五有個商展拍賣，遠在廿公里外的人都會跑來參觀搶購。凡是商業中心，旅館業必然興盛，旗山車站前一條五百公尺的路段上有大小十家旅社，設備之豪華比起一流的觀光飯店也不遜色。

再說到人方面，二十年前在我家做長工的玉豹叔仔，現在兒子都成家立業，擁有自己的寬廣四合院房子和一片香蕉園，只要別人有的電器用品他家都有。十五年前在我家割香蕉的工人阿清哥仔，已經擁有自己開「怪手」的事業，兒子功課很好，充滿了光明的遠景。還有……還有……只要我想得到的旗山鎭人，生活都比以前好，沒有壞的。

自己人替自己人想

有一次，我和玉豹叔聊天，談到旗山這些年來飛躍的進步，他感慨的說：「這個是自己人替自己人想，如果是日本尚存，那有今天？」他把「光復」稱爲「自己人替自己人想」，看起來簡單，其實包涵了很深長的意義。

一個長工經過奮鬥，與他原來的主人生活水準拉平，一方面是表示這塊土地充滿了希望，人人在這裡有更美好的將來；一方面也是政府的「均富」政策收到了成效，把農民當成國家的子弟愛顧的成果。

大略而言，政府如何「自己人替自己人想」呢？早期的三七五減租、公地放領、耕者有其田自然是最明顯的例子，讓佃農、長工都有了自己的土地。而且，每次颱風來，政府對受損的香蕉都有合理的補貼；每次病蟲害派遣專家研究消滅，並發給補助金，設立貸款制度，使無本的農人也可以大規模經營；獎勵綜合性經營，補助購買猪隻和雞鴨飼養等等。

最近，我特地回到旗山，在香蕉場和許多種了數十年香蕉的父執輩交談，他們都對近來香蕉價格沒有黃金時代好而歎息，但是大家都相信，這只是短暫的低潮，就整個市鎮的進程而言，從遠處看，旗山充滿了新興商業市鎮的生命力，它必然有高潮，必然會向更好的路上走。

在「自己人替自己人想」的政府領導下，我們絕對可以信任的便是，旗山的水利、旗山的蕉價、旗山香蕉的營銷、旗山人更好的生活，不僅是農民的心願，也是政府的心願。

香蕉王國的前路

爲了更進一步了解旗山未來的前途，我訪問了連任旗山鎮長的吳基政，他和世居旗山的農民一樣，眞正愛旗山，對旗山的將來言談間流露了很深的關愛。

吳鎮長表示，旗山的人口共有五萬三千餘人，有一萬零一百零六戶，其中香蕉戶爲四千四百五十戶，商戶爲一千二百五十戶，香蕉戶也有一部分兼爲商戶的，因此旗山轉型爲商業鎭的跡象相當明顯，我們考慮旗山前途時，自然應以商業爲前提，以農業爲基礎。

吳鎭長表示：純粹的香蕉經營自民國六十二年雖因南美洲香蕉在日本市場低價傾銷，使香蕉的價格不能平衡，蕉農的生活自然受到影響。但是就旗山鎭全鎭而言，它是南屏和高屏道上商業、文化、交通中心，如果能將高雄和旗山間的道路拓爲四線道，縮短行車時間，並且配合高速公路和高雄港的建設，將會使旗山的商業更爲發達。

在吳鎭長任內，中山公園大工程建設完竣，南屏公路舖了柏油，中山路的拓寬均已陸續完成，現在籌劃興建的大規模高雄客運旗山站正等待縣府核准中，可望於近期批下來，這個營運重點一旦完成，無疑地會使交通跨前一大步。

吳基政說：「旗山還不單純是農業和商業鎭，它的觀光潛力也很雄厚，中山公園的秀美，濟公大佛的雄偉，三桃山的奇絕，可以做爲自成單元的觀光區，如果與美濃的中正湖、黃蝶翠谷，六龜的彩蝶谷，內門的觀音亭相呼應，將成爲南部觀光的重鎭。」

訪問吳鎭長的那天清晨，我走出鎭公所，不但看見旗山未來的藍圖，也思及三十年來旗山的種種變革，它由平淡而富裕，由單純而繁榮，由農業到商業，由鄉居到現代化，不正是一幅臺灣光復以來進步的縮影嗎？

豐饒的山林

——中國童子軍第五次全國大露營

豐盛的民俗滋養

明淨溫文的澄清湖，今天突然被快樂的聲音和色彩喧騰了起來。

這是中國童子軍第五次全國大露營爲慶祝雙十國慶擧行的「民俗化裝大遊行」，雖然是十幾歲的少年，對於民俗已有深刻的認識，尤其擺脫了民俗成套的儀禮，更蘊藉了一股創發的生機。

我走在隊伍裡面，很能深刻體驗到民間風俗對少年的滋養，也格外地感到少年以遊嬉心情展現這些民俗的灑脫俏皮。

走在隊伍最前面的是台北市、基隆市、台北縣、台東縣的童子軍分別扮演的漢、滿、蒙、回、藏、苗、臺灣山胞的形像，充分表現了民族的親和性，也體現了童子軍四海一家的胸襟。

接著一場熱烈精采的鑼鼓，一大羣新竹縣的童子軍演出的「春節記慶」，舞著一條三十餘尺的長龍，在擁擠的人羣中穿來穿去。本來，舞龍是連壯年人都感覺吃力的事，這些還在國中就讀的少年裸露精壯結實的胸膛，舞動起來，更覺震撼人心。

跟隨在「春節記慶」後的是孔誕儀典的「八佾舞」，莊嚴肅穆，偉岸沈雄，自與活潑的春節有不同的趣味，童子軍們爲了誇張孔誕的莊嚴性而緊抿著嘴唇，更有一種可愛的諧趣，慢節奏的「八佾舞」剛剛走過，色彩鮮艷華麗的「古代婚禮」隨卽登場，迷你型的紅轎子下露出一雙綉花鞋，充滿了傳統民俗中特有的鮮銳動感。

由臺中縣扮演的「送神」非常突出，用硬紙板糊成紙盒頭型的謝、范兩將軍，手執十八般武藝的宋江陣，以樹枝代刀劍的乩童，用童軍棍架成的神輿等，因爲使用器具的假想性與趣味性，使整個畫面跳開了民間送神的迷信，注入了戲劇性質的遊樂成分，益發令人發覺俗信俗行中可親的一面。

在民俗遊藝的後面，隊伍扮演的是民間傳說與歷史故事，火牛陣復齊的田單，臥薪嚐膽的勾踐，投筆從戎的班超，精忠報國的岳飛，浩然正氣的文天祥，反淸復明的鄭成功均一一上場，乃至於擊鼓抗金的巾幗英雄梁紅玉，代父從軍不讓鬚眉的花木蘭在生動的化裝表演下也一一重現。

這些歷史故事自然是民族文化最精萃的一部分，也是溶入民間最深不可磨的忠孝節義眞精神，它旣是民俗的，又是文化的。

走在童子軍化裝大遊行的行列中，我親眼見到中國童子軍深受民族文化與民間風俗的滋養，這些俗信與歷史都是長時期的濡染蘊藉而成，童子軍是國家未來的棟樑，他們這種無形的燦發，與其說令人欣喜，毋寧說是令人感動的。

從做中去學習

從微寒而飄著陰雨的臺北，來到風清雲淡秋高氣爽的澄清湖，確實令人心情一亮。

我穿過高高豎立在澄清湖大門口的中國童子軍標幟，進入營區，在環湖的道路上時時有穿著帥氣的童軍制服的童子軍，以整齊輕快的步伐與我擦身而過，他們黝黑健康的臉容上一逕掛著自信的笑容。

站在路上指揮交通的童子軍很親切的指引了我的去路，首先映入眼簾的是誠正營區和修齊營區，沿著湖的左邊走是治平營區、忠孝營區、仁愛營區、信義營區、和平營區，然後抵達大智、大仁、大勇、至眞、至善、至美等營區。繞過攬秀樓抵達建國營區、成功營區，這樣一路走下去，大約耗費了一個半小時的時間。

一路上但見亮紅、鮮紅、蔚藍，翠綠的帳蓬搭架在綠樹藍湖之間，雖因地形而錯錯落落的擺置著，也有一種清新的美。

外表上最吸引我的倒不是色彩鮮麗的帳蓬，而是營的營門，和團的團門。這次露營在澄清湖的廣大腹地一共開闢了十五個營區，每個營區住著二十到四十個團，營和團都各有一個門，由於營門是一個營或團的門面，童子軍們一到營地，便費盡心思設計和架設，因此每個門都有不同的巧思。

營區的營門通常是以該營區的精神來塑門，比較統一而不見特色，團區的營門則完全出自童子軍的構想和自己動手動腦，便形成一種獨特而任意的風格。

像至善營區第廿七團的大門，用舊的竹簍翻過底來，底上漆上白油漆，再寫上紅色的字，在綠色蓊鬱中份外有風味。再如蘇澳國中用空的果汁罐頭，串成一個弧形門框，不但別緻有趣，風一吹，還叮噹作響。

另外，還有用提鍋串成的門楣，用畚箕底排列成的門扉，用竹子編成的牌樓，用樹枝架成的團門，到處都是趣味，都能引人駐足。

除了營門，也可看見荷花池上的三繩吊橋，用童軍棍搭成的瞭望塔和樹梯，用樹木做成的桌椅等，使我們看見原本簡單的器具經過靈巧的稚心一組合，竟能有如此許多有趣的變化，由此，我們能體驗到利用自然和器物的別出心裁。

問到為什麼能有這麼靈巧的想法，所有的童子軍都會告訴一句他們熟知的口訣：

「從做中去學習。」

自童軍歷次露營體會時艱

爲了更深入瞭解這一次的童子軍大露營，我訪問到工作委員會的總幹事陳忠信，詢問爲何成立於民國元年的中國童子軍，六十七年的時間才舉行了五次全國大露營？陳總幹事如數家珍的爲我闡述過去大露營的經過情形：

中國童子軍運動，於民國元年二月廿五日由嚴家麟先生創辦於武昌文華書院，一時江浙各省紛紛成立童軍團，可惜因爲當時沒有全國性的領導機構，影響力相當微小。

一直到民國十七年北伐成功，中國國民黨直接主持童子軍組訓事宜，先成立中國國民黨童子軍司令部，後更名爲中國童子軍司令部，開始辦理全國童子軍登記，並頒訂了中國童子軍誓詞、規律、銘言、訓練標準，並規定了服裝、徽章、旗幟等式樣，從此童子軍的制度漸告完備，才進入了蓬勃和統一的新里程。

爲了要增進全國人士對童子軍運動有所認識，童子軍司令部於民國十九年四月在首都南京舉行第一次全國童子軍大檢閱及大露營。

當時，全國性童子軍運動才開始兩年，加上交通不發達，參加人數僅有來自江蘇、浙江、山東、安徽、江西、湖南、湖北、福建、廣東、南京、上海、漢口、青島和廣州十四個省市的三千五百七十五人，但是這次全國童子軍活動的創舉不但轟動南京、轟動全國，甚至轟動了全世界。

中國童子軍總會爲了明瞭全國童子軍訓練情形，特於六年後的民國廿五年十月八日到十一日在南京中山陵舉行第二次全國童子軍大檢閱及大露營。這次參加的單位遍及全國各省市，男女童軍一萬零七百廿八人，服務員二千五百四十人。

此時，東北各省已經淪陷，來自東北的童子軍在壯盛的隊伍中出現，益發激勵了大家打倒日本軍閥，光復東北河山的鬥志。對於後來抗日戰爭中，童子軍冒死為國的精神有很大的貢獻。

聽陳忠信談到中國童子軍第二次大檢閱及大露營後遭逢連年抗日、戡亂、淪陷等家國鉅變，不禁令人心情沉重。本已蓬勃的童子軍運動，在國家動亂中，足足停頓了廿年時間，一直到民國四十五年十月廿五日至十一月三日才在大貝湖（即今澄清湖）舉行第三次全國大檢閱及大露營。

此次參加的童子軍共有五千多名全國及海外華僑的童子軍，不但使受頓挫的童子軍運動重新有了生機，還提昇全國性童軍運動為國際性活動。

第三次全國大檢閱和大露營的成功，使中國童子軍總會有充足的信心於民國五十九年十月九日至十五日在新竹新豐營地和桃園埔心營地同時舉行。

第四次全國大露營全部活動以「這是一個充滿希望的大時代」為主題，參加的童子軍有一萬四千人，應邀參加的友邦童子軍有日本、韓國、菲律賓、瑞士、泰國、美國、越南的外國童子軍，以及僑居緬甸、印尼、馬來西亞、菲律賓、泰國的童子軍共四百餘人。

這是中國童軍史上的一件大事，不僅人數是空前的，擴大童子軍運動的影響也是空前的。

第五次全國大露營的特殊意義

聽完陳忠信總幹事對過去四次大露營的敍述，我們已能大略地看見了六十七年來童子軍成長的斑剝脚跡，在動亂時，童軍運動便萎縮，到了安定時，就充滿朝氣。

追鑑過去的童軍歷史，我們來看今年的第五次全國大露營，更能有所領會它的意義。我訪問了工作委員會的召集委員高銘輝，請他談談此次籌備的經過和意義。

高銘輝表示，中國童子軍第五次全國大露營是由第十三屆第三次全國理事會決定，早在今年三月卽已着手籌備，動員了數百位義務服務員展開籌備工作，經過半年多的規劃，才能有今天所見的規模。

他說：「這次大露營的目的，除了檢查童子軍組訓的成績，促進童子軍運動的發展，加强國民外交活動和增進參加人員彼此聯誼的機會外，更重要特殊的意義是：慶祝第六任總統新任，和六十七年的雙十國慶。」

新總統就任與童子軍有極爲密切的關係，因爲依據中國童子軍總章規定，會長應由國家元首兼任，蔣經國總統已接受全國童子軍的恭請，允予兼任，全國童子軍因而雀躍不已。

此次結合全國童子軍、女童軍、幼童軍，和美國、菲律賓、韓國、日本、澳洲、瑞典、挪威、紐西蘭、英國、巴西等國的男女童軍共有二萬六千餘人，確實是童軍史上的創舉。

兼會長的蔣總統經國先生特於揭幕典禮當天，在朝陽初露的早晨訪問了露營營地，爲營區掀起了一片歡欣的高潮，「總統好」、「會長好」的高呼聲響遍雲霄。

蔣總統信步巡視了幾個營區，親切的詢問童子軍的露營生活，當他看到童子軍的朝氣蓬勃充滿希望，曾希望童子軍愛自己的國家，爲國家爲同胞服務。

蔣總統並告訴擠滿在和平營區的童子軍解釋童子軍智、仁、勇三達德的意義。他說：智是高度的智慧，仁是大慈大悲的精神，勇是不屈不撓的勇氣；只要大家有大慈大悲的精神，高度的智慧，以及不屈不撓的勇氣，我們一定能成功。

總統巡視的當天晚上舉行了揭幕禮，以「回顧與前瞻」爲主題展開晚會活動，包括臺灣重回祖國懷抱，政府遷臺後勵精圖治卅年的成果，以及載歌載舞的十六個節目，坐在臺下看這些歌舞，回顧六十七年多波折的童子軍歷史，並由此次露營前瞻國家的前途，我發現，它的意義不僅是慶祝總統就任或雙十國慶，而是有更深刻更撼人的內容，象徵了更光明的遠景。

共同爲自由奮鬥

蔣總統在巡視營地當天曾在高雄澄淸湖的青年活動中心忠孝廳，歡迎各國童軍團；並表示希望透過這次大露營，增進中華民國與愛好自由國家之間的友誼，使大家更密切的結合在一起，爲自由共同奮鬥。

這些外國童軍團集中在九曲橋橋頭處的國際營區，雖然僅有四百多名外籍童軍，却分別來自十個自由國家。

走進臨湖依橋並能遙望慈暉樓，風景優美的國際營區，馬上被不同國籍與色彩的多采多姿吸引，這種區別不必從膚色上看，自擺設與裝飾趣味便很能辨認出不同的特色，但是一旦問起對於澄清湖露營的觀感，會一致豎起大姆指，用很生硬的國語說一連串的：「很好！很好！」

我訪問了幾位國際營區的童子軍。

來自北歐瑞典的共有三位童子軍，領隊英格瑪表示，中華民國之行他非常滿意，對澄清湖青葱的山光湖色也覺得與瑞典湖泊大有不同，他唯一不習慣的是澄清湖的天氣太熱，使他從飄雪的瑞典來，很是不能適應。

同樣來自北歐的女童軍艾倫小姐，她來自挪威，却表示了對天氣不同的看法，她說：「臺灣的天氣很溫暖，很好。」

菲律賓的童子軍共有八十人，是最龐大的一支隊伍，他們大部分是華僑子弟，會說一些不太標準的國語，對於能回祖國露營特別興奮，其中國語講得最標準的蔡尙文告訴我，他在八日上午看了國軍戰技表演，對於海軍陸戰隊跆拳道的擊破特別有興越，希望能學一點中國功夫。

美國童軍團的領隊威廉夫婦對於大會給予他們的照顧表示感謝，他表示，尤其是大會爲他們特地準備的西方口味伙食，很能從小處看到大會的細心而肯定此次露營的成功。

最後，我訪問了來自日本的「老童子軍」杉村坤，杉村坤拿出兩幀歷史性的照片給我看，一張是民國十三年十一月廿四日，國父孫中山先生在神戶的一次演講，這張相片中，國父身着長袍馬褂神采飛揚的在臺上演說，杉村坤則在臺下仰慕的聆聽。

另一張相片是民國四十五年，杉村坤參加第三次全國大露營時率團來臺，蒙先總統蔣公召見時的合照。

談起這些往事，杉村坤顯得異常興奮，他記得國父在那一場演講時說過一句話：「無中日兩國之和平，則無亞洲之和平」，因此他對未來的中日關係抱着樂觀的態度。

走出國際營區，我的心情十分輕快，雖然這些訪問有些必須透過翻譯，但是我相信相近的心必不會被言語所阻隔，正像這些外國童子軍並不一定與我們有邦交，參加童子軍的人却是不分國籍、種族、膚色而嚮往自由的。

青天高‧白日明

在我到澄清湖採訪的幾天中，除了以上各項活動，還看到精彩的國軍戰技表演、中國女童軍總會慶祝成立廿周年紀念、使童子軍認清時勢的反共義士座談會、藝能觀摩大會、參觀國家建設以及大地遊戲、拓荒旅行、實彈射擊等等活動項目。

每一個活動項目雖然以不同的方式舉行，各有不同的意義，童子軍熱烈高昂的生命情調却是一樣的，看到這些國家的少年兵，令我深刻地感知他們豐富而潛蘊的生命力，它的衝擊澎湃，確實使我感懷和激奮。

這些豐富潛蘊的生命力從何而來呢？

有一次我與童子軍在山裡做「拓荒旅行」的活動，看到澄清湖青葱有緻的樹木，魄大雄渾的遠山，翠綠欲滴的花草，碧澄晶明的湖水，向上奔開的荷花，再看到身着童子軍勁裝的十二歲到十五歲少年在其中穿梭，我終於了悟到：這股生命力來自我們豐饒的山林與充沛的大地，它是自然的大力所孕育的。

仰望高高的青天和朗亮的白日，我不禁回味著那一首聲律昂揚的童子軍軍歌來：

「中國童子軍、童子軍、童子軍，
我們、我們、我們是三民主義的少年兵，
年紀雖小志氣眞，
獻此身、獻此心、獻此力、為人羣；
忠孝仁愛，信義和平，
充實我們行動的精神，
大家團結向前進、前進、前進，
青天高，白日明。」

阿公阿婆遊臺灣

赤子之心

像是進香朝聖，三輛掛著大紅布的豪華遊覽車，一路由臺北向中部進發，路上的行人看到遊覽車都仰首注目，平常虎虎生風的計程車、貨運車也紛紛減速禮讓，爲什麼這三輛車最受到注意和尊重呢？仔細看，才發現不是進香，車上的大紅布寫著：「金門、馬祖、臺灣省、臺北市阿公阿婆遊臺灣」。

阿公阿婆遊臺灣的第一站是高速公路，車子像一枝脫弦的箭在路上奔馳。車上坐的阿公阿婆平均年齡是七一·八歲，車內洋溢的却是朝陽初昇的熱鬧氣氛，在導遊人員的引帶下，時光彷彿倒流了五十年，阿公阿婆們踴躍的玩遊戲，還爭著表演節目。

來自金門的七十歲阿公陳期碧精神最爲碩健，一連唱了幾首民謠小調，應大家的要求又唱了一首英文歌——唱半天，連他也說不清是什麼意思—，大家鼓掌的熱烈，使他忍不住又高歌一曲「我愛中華」，唱完他問：「這回你們總該聽懂了吧?」惹得大家都哄笑起來。

來自臺南的李天成，以前是演布袋戲出身，聽到別人唱歌也忍不住喉癢，臨時自編自唱了一首「客家調」：

「終身哪喲，不知哪認眞，
只是夜裡翻身喲，夢見哪成功，
就永遠不能喲，享有哪老年的幸福，
能和阿公阿婆喲，出來哪做伙遊玩，
眞是喲，千年的緣份哪。」

李天成今年六十八歲，他曾演了五十年布袋戲，現在雖然退休了，還是中氣十足，聲調優美，尤其是臨時編唱，令其他的阿公阿婆大爲讚賞，應要求又唱了一首通俗好聽的「天空落水」。

接著，許多阿公阿婆不甘人後，也紛紛拿麥克風唱起來，有的聲音已經沙啞，有的牙已經掉光，有的歌詞已記不全，但是在此刻，他們彷彿忘記自己已是七、八十歲的老年人了，相互間做著很好的溝通。

有的阿公阿婆表明不會唱歌，也紛紛講起笑話，像七十五歲從金門來的黃天從說：「今天早上，服務小姐問我爲什麼不刷牙，以爲我不衞生，我張開口給她看，我說，我一顆牙都沒有，還刷什麼牙？」這段話深得阿公阿婆們的心，引得大家笑哈哈。

七十歲的林主武也是來自金門戰地，他代表所有的阿公阿婆向主辦的國際獅子會表示謝意，並爲自己能參加這次的遊臺灣感到高興，他認爲今天能到臺灣旅遊，是八二三炮戰奮力拚鬥所得來的幸福。

看到阿公阿婆們快樂的神采，年老了猶保存赤子之心，眞能讓人感知精神的健旺對支撐肉體是很有大力的。

誰的阿公阿婆？

舉辦阿公阿婆免費旅遊活動，不僅在國內是很重大的事情，在世界上恐怕也是首創。

這種大規模的旅遊活動，是由一向以社會服務爲目標的國際獅子會主辦，在獅子會的龐大組織下，阿公阿婆不論到任何一個地方，都有獅子會會員妥善照顧。

尤其是隨行的獅子會會員更是熱心有加，沿途充當義務嚮導，爲阿公阿婆介紹美麗的風光。坐在第一車的國際獅子會中華民國總會理事長蔡馨發更是辛苦，爲了這一次旅遊的籌備到處奔走說項，並在行程中處理瑣事，由於說話過多導致支氣管發炎，他依然穿著紫色的制服精神奕奕的工作，使阿公阿婆看了都心疼。

為什麼舉辦「阿公阿婆遊臺灣」能如此熱烈誠懇毫無怨尤？蔡馨發表示，老年人是國家的智慧，他們在過去的數十年歲月中曾為國家奉心獻力，到老了無法工作，理應得到妥善的照顧，這不但符合了我國傳統的倫理觀念，也是孔子說的「老有所終」的理想。

蔡理事長說：「我們今天招待阿公阿婆，並不是招待某些少數人的阿公阿婆，而是整個社會的阿公阿婆，是我們大家的阿公阿婆。」

「阿公阿婆遊臺灣」在五年前，基督教福利中心就曾經嘗試，由於經費有限，都是零星的舉辦。一直到前年，蔡馨發有一次到金門，看到金門縣政府辦理的「小金門阿公阿婆遊金門」，覺得很有意義，回臺灣後便有系統的籌辦「金門阿公阿婆遊臺灣」，因為去年舉辦的成功，今年擴大到臺灣省、臺北市及馬祖，務期這項活動能有更大的影響。

然而並不是每一位阿公阿婆都能參加這項旅遊活動，在獅子會與有關單位研究後，訂出三個參加的條件：

①年齡在六十五歲以上。

②家境清寒，終生未離開故里。

③身體的健康情況良好。

以這些條件為基礎，經全省各鄉鎮區推荐，並做過詳細的身體檢查後，今年共有一百一十二名阿公阿婆參加旅遊，其中金門佔卅名，馬祖廿六名，臺灣省廿八名，臺北市廿八名，平均年齡為七一·八歲。

因為參加的阿公阿婆們均未離開過故里，使這項活動顯得彌足珍貴，這短短的一星期將成為他們晚年最值得珍惜的一段日子。

千年的緣份

散居在金馬及臺灣省各地的阿公阿婆聚集在一起，對阿公阿婆而言是一種機緣，正如李天成唱的是一種「千年的緣份」。

同樣地，為了妥善照顧阿公阿婆旅遊期間的生活起居，來自中華民國兒童保育協會的四十三位育幼人員，也分享了這種機緣，他們經過千挑萬選後才能擔負照顧阿公阿婆的重大任務。

我訪問到兒童保育協會的總幹事黃南壎，詢問有關此次旅遊照顧上的問題，黃總幹事表示，「阿公阿婆遊臺灣」是很有意義的活動，兒童保育協會一向是熱心支應，雖然是完全無報酬的服務性質，每年志願參加服務的還是非常踴躍，因此不是報名就可以參加，還需要經過嚴格的挑選。

「像今年，參加服務的小姐們，基本上都是在育幼人員訓練中心受過良好訓練的，首先徵求一百餘名的志願者，經過一段時間的座談訓練，再挑選出合格的五十名，名次決定後，確實檢核這一星期中沒有其他會擔誤行程的事情者，再挑選出四十三名。」

每一位服務小姐全天候的照顧三位阿公阿婆，照顧的工作包括安置寢食、扶持行走、照顧上下車，甚至替他們寫信，侍候浴厠，可謂無微不至，因此在短短的一星期中，阿公阿婆與服務小姐已交成很好的朋友。

這四十三位小姐在幼稚園中都曾擔任過一段時期的老師，認為對老人和小孩的照顧是相似的，尤其七十歲以上的人心理上往往還老返童，有天眞的赤子之心，他們在年齡上雖然相差一代，也能融洽無間。

最可貴的是，服務員中有九位是遠從馬來西亞、汶萊和韓國來臺灣受訓的僑生，志願加入服務的行列，據她們表示，國內這項老人的服務很有意義，使她們深刻地感覺到祖國人情的溫暖。

一星期以來，服務小姐們熱誠的服務、細心的照撫，不但使老人們心情非常愉快，也令我們看見今日幼稚教育和老人福利充滿溫馨的面貌。

五十年前的紅花

阿公阿婆們一路南下，經高速公路參觀桃園機場，到山明水秀的慈湖敬謁蔣中正總統的靈寢，到壯麗雄偉的石門水庫觀光。

接著，夜遊溪頭大學池，往日月潭攬勝，看到許多很能滌心去慮的靈山秀水。

最後一天，阿公阿婆從秀美的風景抵達熱鬧的臺北市，不但郊區的指南宮、動物園、恩主公、龍山寺都玩過了，還參觀了現代化的報社，到中華電視臺參加「飛燕迎春」綜藝節目的錄製，還到人人百貨公司購物，看遍了最安靜的鄉野風景，以及最熱鬧的市區景觀。

阿公阿婆每到一處都掀起歡迎的高潮，各界的歡宴與贈送禮品，使他們因長年受風霜的粗糙臉龐也彷彿嫩綠的春天晴日。

由於一生都守在鄉里，使他們對周遭的一事一物均感到相當的好奇，也因此發生很多有趣的事。

像在遊覽石門水庫旁的亞洲樂園時，有的老人一輩子沒有坐過這些爲兒童設的電動遊樂設備，坐上去後才知道「刺激」而大呼小叫。其中來自臺北縣的王連城，七十七年了，看到電動玩具後童心大熾，幾乎每一樣都坐遍了還不過癮，吵著要坐時速兩百里的雲霄飛車，服務小姐熬不過他只好「陪坐」，沒想到坐完後他滿面笑容，小姐們倒嚇得花容失色了。

在中華電視臺參觀，阿公阿婆看到奇裝異服的影歌星，看得目瞪口呆不斷的鼓掌喝采。來自馬祖的陳爾祥，是民國前十六年生的，對歌星史萍萍最時髦的燈籠褲有意見，用濃重的福州口音說：「那不是我小時候穿的那種褲子嗎？」

到臺北市立動物園參觀，是阿公阿婆遊臺灣的最後高潮，來自世界的珍禽異獸，讓歷經七、八十年人世滄桑的阿公阿婆讚歎不已，最讓他們留連忘返的是駱駝、駝鳥、大象、河馬、灰熊、長頸鹿這些龐大而造型特殊的動物。

有的阿公阿婆買了一大袋花生和餅干，到處餵動物，這時他們連嘴都笑得合不攏了。

在阿公阿婆中有一對夫妻十分引人注目，那是來自永和的厲月安和唐孫氏，他們在旅遊的幾天中，相互扶持，狀極親密，問起來，原來在遊臺灣的這幾天，正好是他們結婚五十週年，他們撫著胸前臺中市政府送的紅花，回想起五十年來的婚姻生活，臉上露出十分欣慰的笑容說：「這是我們的二度蜜月哪！」

歲月已經流去了，阿公阿婆生命的熱流依舊像胸前的紅花，璀燦而有光澤。

行舟逆水總有路

平均七十一·八歲的阿公阿婆們，在經過一星期馬不停蹄的遊覽活動後，不但不覺得疲憊，精神益發碩健，據他們說，平常走上三五里路都不覺得累，坐汽車遊覽有什麼累？唯一不習慣的是，遊覽車的冷氣太强，使他們風濕的老毛病又隱隱發作。

爲什麼年紀這麼大，還能保持如此碩健的身體呢？每一位老人對這個問題都有一套養身之道，也是年輕的服務員最想知道的問題。

年紀最大的顏智士，今年已經八十六歲了，鬚髮俱白，步履穩健，經常被圍著問東問西，他摸著胸前的長鬚，大談人生。

「人生像是兩條船行在河上，東邊的船向東，西邊的船向西，東船順風的時候，西船就逆風，東西兩船不能全是順風，所以遇到逆風的時候，我們要想另一邊是順風的，如此便能坦蕩無所懼了。

「人不能常吃甜，吃多了會生病，生命也是一樣，要酸、甜、苦、辣摻雜著吃，吃苦吃久了，自然能吃甜的。人是天生地孕，神明會保佑，遇到再大的苦難都可以度過的。」

顏智士來自桃園縣楊梅鎭的鄉下，也沒受過什麼教育，但是他出口成章，能依據他的經驗敘出非常可貴的道理，從他經過八十六年的生命歷程，還保有翩翩的神采，我們可以推想到他一向的神態自若了。

另一位劉鵬老先生也喜談人生經歷，他今年七十五歲，比起其他年長的阿公阿婆還是小弟弟，談起養生之道也是句句珠璣，他認爲：

「人的生命好像爬山，路途不會一樣，我們在路好的地方要大步走，路窄路壞的地方要放慢步伐走，這樣就能通行無礙了。」他還强調中年調攝的重要，如果在廿五到四十歲時打好基礎，每個人都能長壽。

來自戰地金門、馬祖的阿公阿婆比較緘默，他們通常覺得戰地也能給社會帶來安定力量，敬老尊老，固然重要，還得從他們學習生活與生命的經驗，才能帶領我們往更好的路走。

如何使這個活動辦得更好

十月廿一日，阿公阿婆已經結束了旅遊活動，所有的阿公阿婆們對於他們這一生最可貴的旅遊，都表現出依依不捨的情緒。

吃完最後一席晚餐，我的隨團訪問工作也結束了，向阿公阿婆們告辭後，走在臺北市繁華的夜街上，回顧一星期來的旅遊活動，與阿公阿婆們共遊、共食、共寢，也和他們有更多更深入的接觸，我發現，雖然這次活動，獅子會及其他單位在盡可能的範圍已安排得相當精到周至，還是有一些可以改進的問題，提出來或者能供明年擧辦參考。

①今年的阿公阿婆來自金門、馬祖、臺灣省、臺北市角落，獨缺澎湖一縣，可見在面的廣度仍有待加强。

②參加的阿公阿婆僅有一百一十二位，相信其餘符合條件的老人還要更多，顯示在甄選的深度上還可加强，似應提供更多的機會，或者把年齡提高到七十歲以上，使更多的老人能享受這項福利。

③行程上過於倉促，阿公阿婆每遊一地都無法盡興，機關首長的拜會與講話耽誤了許多時間，應該在時間上做更有利的調配。

④今年最遺憾的是，馬祖的阿公阿婆無法如期抵達，耽誤了兩天遊覽的行程，顯然在船期的安排上把握得不够精確。

⑤在飲食上，阿公阿婆們每餐都在大飯店進食，雞、鴨、魚、肉過於豐富，往好處想，固然

是招待者的熱誠，挑剔的看，却並不很適合老年人健康，致使許多阿公阿婆腸胃不適，如果能煮一些可口適於老年人吃的食物——雞鴨魚肉也有另一種煮法——，將使阿公阿婆吃得更愉快。

⑥整個活動的行程中沒有給各地阿公阿婆有交誼時間，他們除了在遊覽車上各自表演外，幾乎難得有機會和其他人溝通，據許多阿公阿婆向我表示，他們是很嚮往這種交誼的。

以上都是在雞蛋裡挑骨頭，從大處看，這個活動是相當溫暖而成功，阿公阿婆返鄉時，提著各地贈送的一大箱禮品，都還興奮的回味著旅途上的點點滴滴，也對獅子會的舉辦表示十分的感激。

「阿公阿婆遊臺灣」已經有很好的開端，我相信，以後不但會更深更廣的辦下去，也必然會辦得更好。

香火要延續

阿公阿婆遊臺灣的幾天，大甲來的張木火一直坐立不安，我問他什麼原因，原來他在大甲鎮的百姓廟當廟公，每天早晚燒香兩次，現在却沒有人燒香了。

他說：「我出來玩這麼多天，廟裡的香爐都冷了，也沒有人燒香，神明會生氣的。」

不管我如何安慰他，他依然憂心忡忡，使我十分感動，老年人依然有很重的責任心，表示他的心力並不因歲月的磨折褪色，由於生活的錘鍊顯得更强固。

後來我告訴他，鄉公所既然推選他來參加阿公阿婆遊臺灣，必然對他的工作也有安排，一定會使他的廟中香火不斷，他才放下心來。

他對香火的執着却引發了我很深的感觸，我覺得「阿公阿婆遊臺灣」固然是很有意義的活動，它的意義應不僅止於年老的人得到社會的回饋，而是啓示年輕人，這些阿公阿婆已經爲國家社會付出了力量，理應安和的享受他們的晚年，他們用生命所燃起的香火，我們不但要勇於繼承，還要往後延續下去。

第二輯　都市的臉

布馬・皮影・新公園

——臺北人一次珍貴的野臺戲經驗

臺北人看野臺戲

三月十日在臺北市新公園的音樂臺，有一場盛大而熱鬧的野臺戲表演，對於看慣電視、電影的臺北人，是一種從未有過的經驗。

表演是在夜裡七點半開始，早在黃昏六點鐘的時候，已經有一羣人陸續到音樂臺前佔位置，使原來是情人約會之所的寧靜音樂臺前，驀然間熱鬧起來，這固然是由於當日演出的皮影戲和布馬戲吸引的力量，更大的吸力恐怕是來自臺北人對野臺戲的懷念或好奇吧！

長久以來，「臺北人」和「野臺戲」似乎是兩個脫了節的名詞，他們通常觀賞的戲劇、電影或其他藝術表演，都是在一個設備完善的表演場裡，有沙發椅，有冷氣機，有多變化的燈光，這樣的設備對藝術表演固然有好處，但是已經很難體會到地方戲在鄉野民間演出的情趣了。

佔位置的民衆到得早，負責演出的戲團到得更早，他們是來自高雄縣彌陀鄉的「復興閣皮影戲團」，和來自雲林縣西螺鎮的「樂元堂布馬團」，下午的時分就在音樂臺上架起了戲臺，在臺裡臺外忙碌著。皮影戲演者整理著戲厎仔並掛在舞臺的四周，布馬戲團員則早已化完粧坐在大鑼旁聊天了。

漸漸夜了，可容納一千多人的音樂臺竟坐滿了十成的觀衆，使有點涼意的夜色也顯得暖哄哄，人聲夾著笑語向四周擴散開來，這是一個值得紀念的日子，皮影戲和布馬戲在臺北露天的場合演出是第一次，臺北觀衆能隨意自適，不買門票看如此可貴的民間戲劇也是第一次。

當鑼鼓聲急促的敲響，更多的人潮也像鑼鼓的落點急速的湧到音樂臺，到開演前已經擁擠了四千多位觀衆，把音樂臺前的座椅間隙也塡得水洩不通。

我們來懂皮影戲

由於來到新公園音樂臺前的觀衆絕大部分沒有看過布馬戲和皮影戲，主辦單位設想得很周到，先在演出前做一個概略的說明。

說明的工作由雄獅美術的編輯奚淞負責，他帶來了一大疊幻燈片，把皮影戲從皮影子的製作、特性、演出的情形，以及皮影戲的歷史做了一個簡短的說明。

奚淞在說明中打出一張幻燈片，說到那是他八年前在電視上拍到的，然後他遊學法國，看到法國的收藏家與博物館收藏了許多皮影戲偶，但是却沒有一個會演的人，沒想到八年後的今天才有幸一睹皮影戲的風采，不禁感慨係之。他希望大家來看皮影戲，來懂皮影戲，千萬不要讓可貴的民間戲劇從我們的生活中消失。奚淞的希望應該也是所有關心民間文化的人的希望。

說明的工作進行了十幾分鐘，觀衆已經大略知道皮影戲是什麼，才開始演出。

爲了大家能初步的懂皮影戲，復興閣皮影戲團當天準備了一齣文戲和一齣武戲，每齣各半小時，文戲「高良德」，演宋朝的一個官員因寃下獄，他的娘子苦心營救他，後來終於做了狀元的故事；武戲演「孫臏下山」，是民間傳說孫臏演練兵法的故事。前者偏重在唱曲和說白，後者偏重在演技及打鬥，可以幫助觀衆對皮影戲做全貌性的了解。

以皮影戲的劇本和過去演出的性質，無法在半小時內做完整的故事演出，所以也只是演出該故事的片斷。

皮影戲的影窗長僅五尺、寬僅四尺，在鄉下通常只在小型廟會中演給幾百人看，這一次到了臺北新公園，沒想到有四、五千人一起觀賞，後面的觀衆當然無法看見前面的動作，於是整個現場的秩序顯得相當凌亂，後面的觀衆向前面擠，圍在舞臺四周擋住了前坐觀衆的視線，幾度勞煩警察維持秩序。

現場熱鬧的氣氛，正是鄉下演出野臺戲的情緒，秩序的凌散則是人數過多所造成的，這種熱鬧的氣氛是十分叫人感動的，由人們擠著看皮影戲的熱誠，或許已明白了皮影戲仍是具有相當大的吸引力——皮影戲的振興，我們已看到一點端倪了。

皮影戲的演出進行到九點鐘告一段落，「因爲表演進行中很多觀衆好奇的湧到後臺欲一探究竟，主辦單位爲了讓大家明白皮影戲後臺的情形，特別把蓋在外面的布蓬掀開，加演十分鐘，臺後的觀衆都清楚看清「後場」配樂及演出的情形，更使演出達到了高潮。

主辦單位請到心理學家吳靜吉訪問復興閣的師父張命首和主演許福能，張命首今年七十七歲是該劇團的靈魂人物，許福能今年五十六歲，是張命首的女婿—因爲他沒有兒子只好傳給女婿，他們都同時對皮影戲的前途感到擔憂。

吳靜吉先用臺語訪問，再以國語傳誦給現場觀衆，由於他的問話幽默，引起現場觀衆熱烈的鼓掌，他最後問的一個問題是：「請問你第一次到臺北演出，對臺北的印象如何？」張命首的回答是：「我要去拆戲臺，我不管臺北人怎麼看了。」

由吳靜吉的訪問中，我們知道復興閣已經有五十幾年的歷史，它在傳承中改變很少，所以是很傳統也很典型的皮影戲團，它的傳統來自皮影戲長遠的歷史源流，它的典型則來自民間藝人對這項戲劇執着和專謹的態度。

傳承久遠的布馬戲

皮影戲在暖和喜悅的氣氛中結束，緊接著由程牛屎老先生領導的布馬戲演出。

程牛屎今年七十歲了，但是他言談擧止間旺盛的生命力却年輕得叫我們吃驚，他似乎是中國鄉間「老而彌堅」那一型的人，他樂天知命的安於自己的生活，最可貴的是，他把布馬戲的表演看成一種光榮——是祖先留下來的光榮。

根據程牛屎的追訴，他的「樂元堂布馬戲團」已有一百多年的歷史，是祖父傳下來的事業，祖父爲什麼學了這一樣技藝他也不知道，只記得幼年聽父觀說起過：「是唐山的老祖父敎的！」其實，程牛屎傳留下布馬戲也不是刻意，是自幼隨著父親到處表演，自然而然的受到薰陶，他說：「我也不知道怎麼學會的，看我阿爸表演就學起來啦！」

布馬戲當然也像其他中國的民間戲劇，免不了因社會的轉型而沒落，本省僅存的幾個團都是人數日漸減少，只有迎神賽會上做簡單的卽興式演出，已失去布馬戲的原貌，樂元堂布馬戲團是極少數還維持嚴整格局的一團。他們的人數多達十二人，年齡則從最小的七歲到最老的七十歲，全是住在西螺鎭埔心村中，多少有一點親戚關係。

以嚴格的戲劇型式來說，布馬戲自然還不能稱得上是戲劇，因爲它並沒有語言，故事的進展也十分簡單，更沒有道具及舞台設施，所以，它僅能說是具備了戲劇的雛型，介乎舞蹈和戲劇之間。可是追溯到它的歷史，却是少有的長遠和深刻。

唐朝李白的詩句「長干行」中有兩句：「郎騎竹馬來，繞床弄青梅」，用以吟咏童年伴侶生動的情狀，一般相信，竹馬是布馬的前身，它便是兒童用一根竹竿挾在胯下，來模仿大人騎馬的種種動作。但是，竹馬自「遊戲」成爲一表演，是在宋朝以後，南宋周密著的「武林舊事」中就記載了竹馬表演的事情，後來的布馬便是依此用竹編成馬形再加上布套，在宋代以後逐漸演變成民間小戲。

布馬戲在演出時配以鑼鼓，再加上一些管絃樂器，它在情節上雖然非常簡單，表演的動作與節奏却複雜而緊湊，它包括了牽馬、上山、下山、過河的滑稽動作，也有馬絆倒、馬踢人、馬落河、馬陷泥沼等較細膩的象徵的動作。

以「樂元堂布馬戲團」爲例，他們通常表演的項目有六種，除了「拜馬」、「三仙門」兩個民間戲劇必有的「扮仙」儀式外，還有「參神」、「四門」、「困塘」和「五方」四種。其中，「困塘」和「五方」動作較繁複，是演馬陷入池塘和泥沼的動作。

程牛屎表示，這六種項目都是在迎神賽會和民間節令中演出，另外還有兩種是在驅邪避煞時演出的「七星」和「八卦」，「七星」用來祭煞，「八卦」則用來安神，都是使民間戲劇與神鬼迷信結合的項目。

簡捷生動·奇趣突起

這一次「樂元堂布馬團」的上臺北，動員了他們所有的人手，一共有十二人，包括團主程牛屎，四個在後場配樂的老人，以及七個十五歲以下的女孩子。

樂元堂的後場有四種樂器：大鑼、小鑼、鼓、古吹，都是簡易的工作，負責的四人都是六十歲以上的老人。前場表演的四人是狀元、侍從、馬伕和船伕，分別由程牛屎、十三歲的李孔雀、十四歲的李麵茶和李麗珍、十五歲的黃淑珠扮演。另外，有三位在場中翻觔斗的七、八歲小女孩。

幾個來學戲的女孩子都是因爲家境貧窮，爲賺取額外收入而來跟隨「牛屎伯仔」學戲。

布馬戲的配樂大部分是打擊樂器，一開場就把新公園喧鬧得如同迎神的慶典，整個新公園音樂臺的觀衆全沸騰了起來，原來民間那種興奮的情緒是有强烈感染性的，它很容易吸引觀賞者而使他們忘却一天的俗慮。

整個場中最引人注目的自然是「牛屎伯仔」，他表演布馬戲到現在已有六十年的時間，幾乎是整個生命投注在布馬戲中，他腰身的熟練是經過歲月錘鍊所得，每一個動作都是生動有節，又能輕巧靈動，令在臺下的每一位觀衆都禁不住讚歎，不敢相信他已是七十歲的老人了。

程牛屎所細心調敎出來的幾個徒兒也不含糊，她們的朝氣勃發，意氣揚揚和程牛屎的老練又另是一番境界。她們的身段比較誇大而急速，在程牛屎撐起飾有流蘇的涼傘引導下，熱鬧而搖晃的前進，狀元的布馬固然鮮活的轉頭擺尾，更引人注目的却是他兩側的馬伕，他們往往會在正常的步伐中突然翻幾個觔斗，或者表演「後扭腰」，把身體向後彎成可驚的曲度。

布馬戲的表演到了「困塘」、「五方」兩個項目時達到最高潮，布馬陷在池塘和泥沼中，程牛屎用盡辦法要救起布馬，他們在一個小小空間中做出許多象徵性的細緻動作，使我們彷彿見到了布馬眞是陷進了池塘與沼澤，那是有一點中國戲劇最精粹象徵的高妙了。

隨著狀元的陷馬，鑼鼓點漸漸急促，表演者已經忘我的扭動身軀，全身在初春的微寒中冒著熱汗，臺下的觀衆更是入神，不知不覺間移動脚步，把音樂臺四周圍得密不通風，小孩子穿來穿去，有幾個索性爬到臺邊的樹上，這時音樂臺已經失去了秩序，然而在秩序的混亂中竟格外有一種歡樂妥切的氣氛。

或者，本來野臺戲的演出就是沒有太嚴肅的規則與秩序的，擁擠、混亂，甚至爬到樹上在這時特別自然，那是對戲劇的好奇與喜樂吸引他們如此做去，是一種自然的民間特質。我們到鄉下看到一般看戲的人高高低低或坐或立，或騎在大人頸頭上，或蹲坐在樹上，就可以充分體會到這樣的氛圍。

我們喜歡來臺北演戲

皮影戲的表演雖精彩熱鬧，總有完結的時候，到夜裡十點，人羣慢慢帶著滿足的心情離開，這時候，大家都有一個問題：爲什麼臺北不常常舉辦類似的野臺戲演出？此次演出是什麼單位辦的呢？

這一次的皮影戲和布馬戲演出，說起來也是一次「意外」，緣起於臺灣英文雜誌社想要在臺北辦一個有關中國的文化活動，他們交十萬元給音樂家許博允所主持的「新象活動推展中心」，請新象辦這樣的活動。

許博允表示，按照新象原訂的計劃，是在臺北縣三峽鎭辦一次「中國之夜」，包括舞龍、弄獅、琵琶演奏、捏糖人及許惠美舞團的民族舞蹈，預算下來，還有剩餘的金錢，新象便自己提出三萬元在新公園做野臺戲演出。

此次野臺戲的演出相當成功，它當然必須感謝新象活動推展中心所有同仁的全心投入，以及文化界有心人士吳靜吉、林懷民、邱坤良、奚淞等人的細心籌劃和奔走，也要感謝皮影戲主演許福能和布馬戲團主程牛屎的賣力演出。

許福能和程牛屎以前都到臺北表演過一次，許福能曾應邀在中華電視台演出皮影戲，程牛屎曾經在中國電視公司表演過布馬戲，但是在電視上表演到底與野臺戲有一段距離——那是一種情感比較疏離的演出方式，所以對於來臺北演出野臺戲是他們嚮往已久的事。

許福能與程牛屎均認爲臺北是「比較有文化的地方」，他們的「小戲」能到臺北來演出實在是莫大的光榮，尤其是這一次上臺北，有四、五千位臺北人來「捧場」，如此盛況即使在鄉下也不多見，他們也確實感到自己的技藝是受到重視的，因此他們都表示喜歡到臺北演戲。

說起來，本省的地方戲除了布袋戲和歌仔戲打破了地域限制流行全省外，其餘的地方戲都有它傳統上的地域限制，像傀儡戲一向在東部演出，皮影戲長期流行中部地方，布馬戲通常在中部表演，採茶戲則只在北部客家村演出等等，在大衆傳播如此發達的今天，地方戲猶不能向別的地區擴展，實在是很可怪的現象。

在這個地方戲劇沒落的時候，打破地區的限制應是一條可尋求的生機，尤其是臺北人逐漸對地方文化產生濃厚的興趣，臺北應是一個可開拓的重要地區，如果能把地方戲劇一一引介到臺北表演，對地方戲藝人固是很大鼓勵也是臺北人的福氣。

大家來關心地方戲

這一次皮影戲與布馬戲在臺北演出，規模雖然不大，意義却非常重大，它是第一次民間戲劇在新公園音樂廳的演出，也是由民間出錢的一次演出，使我們看到地方戲劇如果處理得當，還是有極光輝的前途。

同時也令我們思考到一個重要的問題，提倡或推行地方戲劇的責任，應該落在誰的肩上呢？是不是應該由政府機構來擔負這個責任呢？

為平劇的鄉下表哥喝采

——大學生演子弟戲

埋在心裏的一炷香

白髮蒼蒼的老阿婆在孫女的陪伴下，從遠地的高雄趕到臺北大龍峒的保安宮來了。長鬚飄飄的老阿公提着一壺茶，從基隆的海邊坐小火車來了。許多對民間戲曲感興趣的文化界人士，許多聞名而來的戲劇系學生，許多保安宮附近聽到鑼鼓聲的老幼婦孺，都在午后兩點半陰霾的天氣中，趕到鬧市中的戲臺來了。

他們是來看許久未敲鑼的子弟戲，來看靈安社成立一百一十周年的公開演出，來看看由大學生組成的「年輕子弟」有什麼樣的成績。當然，他們內心懷抱著許多興奮和喜悅，那是長久以來每一次野臺戲演出時所湧動的自然情懷。

心裡有許多的好奇與情緒，促使他們在戲開演前的兩個小時，就已經到保安宮戲臺前佔位置，因爲他們早就預料到這一次的演出必然會和往昔的子弟戲一樣造成轟動，雖然他們大部分是老年了，爲了更舒適安詳的看戲，仍然提振精神早早來到戲臺。

他們是不怕等候的，由於他們有茶有酒，由於他們在地方戲曲的沒落聲中，已經難有看野臺戲的機會，爲了看一場戲，他們不在乎路遠，不在乎長時間的等待，因爲，他們已經等候了很長的時間了。

這一次靈安社在保安宮演出子弟戲，是中國文化學院戲劇系國劇組學生組團演出的第四年，他們前三年演出的成功，曾爲子弟戲的沒落注入了新的生機，也使得地方人士增强了對子弟戲的信念。

五月廿日演出的戲目有三個，下午演出「富貴長春」和「晉陽宮」，晚上演出「南天門」。「富貴長春」是地方戲曲開鑼時酬神的「扮仙戲」，用北管的崑腔唱，演天官紫薇大帝率著四功曹、五路財神、五花神下凡降福的故事。

由於北管子弟戲的音樂十分嘈鬧，在直徑長達四尺的「子弟鑼」、通鼓、鐃鈸、哨吶的交雜下，顯得充滿喜慶的氣氛，一開場，就把現場觀衆的情緒都帶起來了，場外觀衆又陸續進來，坐滿了廟庭，甚至連假山上，臺階上都或坐或立的擠滿看戲的人羣。

文化學院的大學生們在臺上賣力的演出，他們半年努力的學習，使唱腔圓潤可喜，走起臺步和動作也有板有眼，現場的阿公阿婆看到精彩處都給予熱烈的掌聲。我們看著地方戲曲的老饕們從心底閃熾出來的衷心喜悅，從而知道，他們不僅感動於子弟戲的精采戲文，更感動於年輕人學戲演戲的熱誠。

所有關心臺灣地方戲的人，看到地方戲的沒落總多少有些傷悲，他們把子弟戲的傳續寄望在年輕子弟的身上，這個希望像埋在心裡的一炷香，火光雖然微弱，在黑暗中却散發著溫暖的光點，寂寞，但却有力的燃燒著。

中國基層文化的主流

民間戲曲的演出長久以來就是中國基層文化的主流，成爲販夫走卒、老幼婦孺最喜愛的休閒活動，他們不但從地方戲曲中得到娛樂，也得到默化潛移，在其中，他們能體察到中華文化忠孝節義的眞精神，也體會到悠久歷史傳統的快樂。

可是由於中國文人承襲下來看不起「優倡皀隸」的觀念，使地方戲曲只能在社祭迎神賽會中娛樂民衆，無法登上宮廷之堂，又由於地方戲演員的地位不被重視，一向都是貧賤人家的兒女才參加劇團，所謂「父母無聲勢，飼子去做戲」，但是這兩個原因都無法影響地方戲的流行與推拓，它仍無時無刻的在農村社會的每一個角落，敲響它的鑼鼓。

「子弟戲」是地方戲曲中比較特殊的一種，由於子弟戲是業餘劇團，它排除了「父母無聲勢，飼子去做戲」的因素，又廣泛含容了中國戲曲文化的特色，成爲有別於民間職業劇團的地方戲曲。

子弟戲團的產生是先人早期開臺時，因對中土廟會酬神演戲的懷念，加上職業劇團付之闕如，地方人士便組成子弟團在酬神慶典時上臺演出，它有兩層其他地方戲團所缺乏的重要意義。首先，它具有「團結地方，守望相助」的意義，藉著演戲，子弟們不致於淪入歧途，在宗教與藝術的約束力下，使子弟們更團結，也使子弟戲成爲高尚的「良家子弟」的團體。其次，它在鑼鼓喧天的幕後，有著積極參與的社會意識，親長們在臺下看自己的子弟演出而獲得娛樂，子弟們則在臺上娛樂鄉親，這種情份的交感，是農村社會得以平和安祥的洶湧主流。這是一種永久而深入的力量。

年輕的戲劇系學生參與子弟戲的演出，更加强了這股力量；或者說，使這股曾是文化主流而今日愈消沈的力量重新振奮，它保留了子弟戲中人文的優點，粉碎了知識份子看不起優倡皀隸的偏見。

這種民間與社會的參予需要相當大的勇氣，數十年來，有心的年輕人很多，他們眼見地方戲一日沒落過一日而不能挺身而出，缺乏的就是這種勇氣，文化學院戲劇系的學生可以說有了很好的開端。

我們都是「良家子弟」

領導這一項演出的是文化學院戲劇系的年輕教師邱坤良，由於長時間對地方戲曲的研究，使他特別注意到各地的民間劇團，尤其是北管子弟團。

他說：「一方面由於北管屬於皮黃系統，吸收了不少大陸地方劇種的精華，至今仍保存流傳初期的原始型態。它傳到臺灣的時代，大致是乾隆嘉慶之際，中原戲曲變動最劇烈的時候。我們或者可由北管的表演體系中，追溯當年秦腔和亂彈交替的痕跡，這正是中原戲曲衍進中，失去的一環。」

有了這樣的觀念，邱坤良讀大學的時候就興起去演地方戲的念頭，可惜獨力難成，一直到他擔任戲劇系的教職才由學生們實現了他少年時代的願望。他希望學生們能實際學習地方戲曲，由直接的參與中瞭解他們的內部組織與所屬階層，他馬上想到臺北霞海城隍廟附屬的靈安社，因爲靈安社是個歷史悠久，曾經在各地廟會中出盡鋒頭，灌過百餘張北管唱片，有强大經濟勢力的子弟團。

四年前參加靈安社子弟戲的開始，是邱坤良一個可貴的記憶，他回憶著說：「民國六十四年冬天，也是靈安社一百零六年社慶的宴會上，我們和靈安社的人正式談到學戲的事情，在酒酣耳熱之際，談得特別投機。那時靈安社已經有八年沒有過正式的演出，在三百多位子弟的歡聲雷動中，我們被接納了，幾天後靈安社爲年輕的大學生擧行入社儀式，在老子弟的引導下，我們每人一炷香，插在西秦老王爺——我們的戲神——的香爐裡，正式加入這個民間社團。」

據邱坤良表示，靈安社子弟團是本省僅存的三十多個子弟團中較大的一個，裡面的成員大多是泉州同安籍移民的後裔，還有後來移居大稻埕而加入的新子弟。他們的職業從大公司的董事長、議員、會計師，到下層社會的鐵工、水泥匠、洗車工應有盡有，他們的職業儘管不同，因子弟團而有的驕傲却是一樣的，因爲子弟團使他們有「自己是良家子弟」的自覺。

邱坤良所灌輸給學生的也就是，從事地方戲曲的表演與研究，做一位良家子弟。

靈安社的社址雖然座落在歸綏街「江山樓」風化區附近，由於子弟們的自覺，百餘年來依然保存著它淳樸單純的面貌，每天晚上當子弟團的鑼鼓響動，來風化區冶遊的人們總會用好奇又欽羨的眼光在靈安社門口張望，風俗和環境的厚薄在這裡就可以清楚的辨明了。

我心內眞歡喜

大學生到子弟團學戲的第一天開始，靈安社中的氣氛就完全不一樣了，它充滿了新鮮有活力的氣氛，每當排戲的晚上，子弟們就會從樹林、永和、三重各地趕來重溫過去興盛的老夢，並且邀約他們的鄰人親友一同前來，他們會說：「我們的大學生子弟在排戲，要不要一起去看？」

這種歡樂鮮銳的氣氛瀰漫了整個靈安社，他們的歡喜自內心顯揚到臉上來，教大學生學戲的「戲先生」更是沈浸在這種氣氛中。

今年教子弟戲最主要的戲先生是七十歲的鄭生其老先生，鄭生其從廿歲開始加入子弟團唱戲，到今天已經有五十年的歷史了。

追溯起鄭生其學子弟戲的歷史也是偶然的，一般子弟戲的傳承都是祖傳父、父傳子，一代一代的傳下來。鄭生其在廿歲以前是一個身強體健的踩三輪車的小伙子，他的朋友中有許多是臺中新春園子弟團的子弟，經常邀約他去看戲。

「我看到子弟戲實在很有意思，就隨朋友加入了子弟團，學的是北管福路派的唱曲，我們那時一管是四個月爲期，我學了一管就上台演出旦角，好像我演得還不錯，地方人士就請我負責敎新的子弟演戲。我過了一段白天踩三輪車，晚上敎子弟的日子，後來會敎子弟戲的人愈來愈少，到處有人請我去敎子弟，我放棄了踩三輪車，專心敎子弟，到今天也敎了四十幾年了。」

去年，靈安社從臺中把鄭生其請來敎文化學院的學生，他從此每星期跑臺北，把他年輕時代學得的，經過數十年歲月歷練的絕活，傾囊相授給學生，他敎的是全套子弟戲，包括生、旦、淨、丑，包括唱腔和動作。

敎大學生演子弟戲，鄭生其的感覺是「我心裡眞歡喜」。他表示，大學生很聰明，半年來，他們每星期只學一天，但是已經唱出一個樣子了。他覺得敎學生演子弟戲較大的困難是，子弟戲由於長期的演變，已經成爲國臺語交雜的現象，許多學生只會國語，在字音的敎授時常需要很長的時間。後來，他想出一個辦法，由他在大學唸書的兒子將戲文翻成正確的國語，然後用錄音帶錄下來，讓學生帶回去練習。

談到平劇、子弟戲和歌仔戲的不同，鄭生其覺得平劇是更高尚的藝術，歌仔戲是更大衆的藝術，他用了一段很生動的話來解說：「平劇是一百斤，子弟戲是八十斤，歌仔戲是五十斤，能學一百斤的人就能學五十斤、八十斤，能學五十斤的人就不一定能學一百斤了。」

鄭生其對子弟戲的前途並不樂觀，他表示，只是「吃這行飯唸這樣經」罷了。

教子弟戲的第二個戲先生是七十一歲的馮添財，他是早在十七歲的時候由父親的引導進入子弟團，演了五十幾年的子弟戲，由青衣、彩旦、大花、三花演到老生無所不演，現在則擔任靈安社子弟戲團的鑼鼓。

馮添財覺得大學生很靈巧，很好教，他教起來很歡喜，最主要的是，這些大學生很有熱情，他們都自動自發的來學習，這或許就是子弟戲重新發揚的一點點希望了。

本來，在子弟戲的傳承中，由於早期地域和派系不同的激烈競爭，他們不願讓世代傳下來的手抄劇本、曲譜、燈架、繡旗和樂器流落出去，這時，因爲他們心中的歡喜，不惜將所學傾囊相授，他們把學生們看成他們的「師弟」，指導他們，照顧他們。

尤其過去的子弟團中是不收女性子弟的，爲了學生的上臺演出，破天荒第一次讓女性來學戲，這種種突破，使靈安社有了創新與改造的生機。

薪傳民間戲曲的香火

來學戲的學生們對子弟戲，究竟是抱著什麼樣的態度呢？

此次參加子弟戲演出的學生一共有二十幾位，大部分是文化學院戲劇系的學生，還有幾位是藝術研究所的學生，以及一位外面來票戲的社會人士。

四年級的林郁妹在戲裡面挑大樑，她已經學戲學了三年，她說：「一年級的時候我跟隨學長們參加了靈安社的民間街頭遊行，我擔任的是要小龍，這個儀式對我很重要，我看到了許多在大學課堂沒有看見的東西，我就決定參加靈安社的子弟團。」

二年級，她參加了靈安社在藝術館的演出，也參加了在保安宮前的野臺戲演出，「我感覺藝術館的演出比較安靜和緊張，野臺戲的演出則比較放鬆，能和觀衆打成一片，所以，我覺得子弟戲還是更適合在民間的。」

當然，演子弟戲也遭到很多困難，林郁妹剛開始時由於求好心切，臺步走不好，唱腔也唱不好，心中很痛苦，她說：「那時只要老師說一句閒話，心裡就難過半天，經過很久時間才適應過來。」

林郁妹學戲的最大希望是能做爲子弟戲與觀衆間的橋樑，使子弟戲能延續和推展下去。

參加子弟戲演出的有兩位是復興劇校出來的學生，他們自幼接受了平劇的訓練，現在來參加子弟戲演出，心中特別有許多感觸。

三年級的劉男羣，九歲的時候就在父親的鼓勵下進入復興劇校，劇校畢業後進入文化學院戲劇系繼續深造，半年前受邱坤良影響進入靈安社學子弟戲，他說：「我原來的意思是想進入地方戲團看一看，玩一玩，半年學下來却學到了許多平劇裏學不到的東西。」

最讓劉男羣興奮的是子弟劇的劇場形式，他說：「我因演平劇習慣了平劇的劇場形式，上臺時一向沒有特別的感受，這一次演地方戲，現場十分嘈雜，有人喝酒，有人喝茶，隨時有賞金，隨時有人放鞭炮，使我特別有一種興奮的感覺，也就更賣力的演出，我覺得這時觀衆和我們是緊緊相連的，分不出臺上臺下。」

他表示，這種現場形式的不同，各有優劣，好處是輕鬆，演好演壞都不會太難堪，因爲觀衆看戲不是純看戲，是他們生活的一部分；壞處是臺子太小，又用木板架起來，不能完全發揮演員的技藝。

劉男羣對戲劇是有一份熱愛的，他希望嘗試各種不同的演出，爲民間戲劇傳薪火。學生們在演出之後都表示，他們希望還有機會來演出。

到鄉下去看表哥

對戲劇藝術有深湛研究的俞大綱先生，生前曾用一句很傳神的話來形容北管戲曲，他說：「北管是平劇住在鄉下的表哥」。

俞先生的這一句話含有兩層意義，第一層是表演形式上，北管戲曲比歌仔戲更完整、更定型，更具藝術的圓整性，第二層是由於北管採取了野台演出的型式，具有和民衆打成一片的特質，從這一句簡單的話中，我們已可以看到北管子弟戲在民間深刻的意義了。

廿日當天下午演出第二齣戲「晉陽宮」時，天空突然下起雨來，觀衆們紛紛撐傘看戲，現場展開一朶朶的傘花，蔚爲奇觀，還有一部分老阿公阿婆未帶傘，一任細雨淋身，捨不得離去。晚上演出「南天門」時，星空夜靜，餘雨未息，戲臺前仍擠滿了看戲的人羣，從他們的表情和冒雨看戲的熱誠中，我們彷彿回到了過去有一千多團子弟戲時的盛況了。

看完子弟戲時，天已經全暗了，天空忽然下起大雨，走在寧靜的大龍峒街上，街邊小攤上的細微燈光，這時更顯得黯淡淒冷，子弟戲是不是正像這些微弱的燈光呢？是不是會隨時滅熄了呢？

如果說子弟戲是平劇的鄉下表哥，這位表哥多年來似乎過著貧窮困苦，一燈如豆的生活，他經過一段時間的努力，像曇花一現樣的展現他的內容，我們在爲他喝彩之餘，應該如何給予他實際的資助呢？

我想著這個表哥，想經常到鄉下去看他，可是找不到路徑。

温泉鄉的吉他

——北投的曉寒殘夢

悲涼的吉他聲

彈著那首悲慘的戀歌，
流浪到這裡，
月亮已經浮上山畔，
我歎著氣，
啊，啊！
初戀那個人，
妳因何如此絕情，
默默來離開？

吉他愈彈愈流出傷心的眼淚。

這是大約十年前流行的臺語歌曲，那時我年紀尚小，並未能眞正體會它悲涼的況味，以爲那不過是一首普通傷怨的戀歌吧！直到最近，我到北投女侍應生戶去，一位名喚「玫瑰」的侍應生，用她喝酒喝啞了的嗓子爲我唱這一首歌，我的心才深深的顫動起來，一股涼意陡然地襲上我的背脊。

玫瑰告訴我，那是一個癡情男子，他的情侶拋棄他到北投賣笑，他爲了找情侶一路追到北投，一家旅館一家旅館的賣唱，可是再也找不到他的情侶了，玫瑰悲歎的說：「北投那裡能找到情侶呢？」

然後，玫瑰輕輕地朗誦起那首歌的口白：「心愛的！妳到底在那裡？自妳離開以後，我也來離開故鄉，身邊只有這把吉他陪伴我，千山萬水，沿路來唱妳所愛的那條歌，已經來到這個溫泉鄉了，心愛的！妳在那裡，有沒有聽見我的歌聲……」玫瑰在北投已經很多年，可是她唱唸着這首歌，黑白分明的眼眸也忍不住閃爍着淚光，她說這首歌名叫「溫泉鄉的吉他」，她小時候也喜歡唱，萬萬想不到有一天會唱到北投來了。

「溫泉鄉的吉他」是一首粗俗的臺灣流行歌，但是它却點出了北投悲涼的一面，不知道有多少癡情兒女因爲北投的興盛拆分，它也隱約透露了北投的訊息，賣酒、賣笑、賣唱、賣其他一些可賣的，然後把人的青春也出售掉。

今年十月，北投的侍應生戶將遭到廢止的命運，是好是壞沒有人能料定，問到玫瑰，她幽幽的說：「這樣就不會破壞人家的姻緣了。」

這首歌的第二段有兩句：「溫泉鄉白色煙霧，一直滾上天。」當溫泉的煙霧矇矓之際，北投面臨廢止，也許最難過的不是侍應生，不是侍應生戶老闆，而是那些從溫泉鄉找溫柔的郎客，也許若干年後，他們重遊北投，會墮入那一夜短暫溫柔的回憶中，然後輕輕唱起「溫泉鄉的吉他」，但是他們在一夜揮霍之後，會不會想到那是一個年輕少女寶貴的一夜青春呢？

侍應生的午后

一般人到北投去找樂子，只要招呼一聲，飯店旅館一通電話打到侍應生戶，不到十分鐘，摩托車就會「限時專送」幾位花枝招展的姑娘來到，再一通電話，幾位賣唱的人也隨著來到。

當宴席擺開以後，侍應生就陪著客人喝酒、唱歌，客人所看見的便是豐盛的菜餚，可口的酒食，甜美的歌聲，以及裝潢華麗的環境，侍應生淺淺嬌笑的臉容，這時候笙歌舞影，一片豪華金碧，怪不得來到北投的日本人都要歎一聲：「和做皇帝一樣！」

酒酣耳熱的時候，客人會帶著陪酒的姑娘，就在北投的旅社「休息」或者過夜，當然其中免不了陪洗溫泉鳥語花香的過程，這時候，客人眼中所見的，是飯店設備豪華的套房，舒適散魄的溫泉澡，或者侍應生溫熱軟滑的裸體，他們一路在北投看見的都是那麼高貴華麗，讓人心蕩神搖，心嚮往之。

但是，眞正的北投是不是這樣？答案是否定的。我們先來看看侍應生，生活比較深刻的內裡。

北投的女侍應生戶不同於一般的妓女戶，它規定不能在戶內接客，甚至是門戶森嚴，不准外人進入。我們經過一番折衝，才被允許到女侍應生戶內訪問。

我們找到馬路旁一條細狹的小巷子，一路走進去，遠遠就看到許多花花綠綠的衣服迎風招展，接著是一扇黯紅色的大鐵門，顯得十分幽深玄遠。按了門鈴，一個中年漢子撐開信箱的小縫露出一對眼珠子，很詳細的問明了我們的來意，才開門請我們進入，門內是另一個凄迷的世界。

一跨脚是一條陰暗的弄堂，弄堂盡處有一鞋架，架子上是幾百雙女鞋，零亂歪扭的傾倒著，鞋架正面就是侍應生戶眞正的大門了，門內傳來嘈雜的鶯聲燕語，原來侍應生們剛剛睡醒正在用膳，看到我們進來，很親切地招呼我們一起吃飯，那時候是午后三點，她們却才吃中飯。

侍應生的親切使我有些吃驚，我曾數次走訪華西街的妓女戶，也曾遇見妓女們用餐，她們看到陌生人看她們吃飯，會端碗轉身避開陌生人的目光，從這裏就可以窺見北投女侍應生戶與其他地方的妓女戶有根本上的不同，她們是更有鍛鍊、更人性的，對自己的職業也更有一番信心。

飯廳後面是臥房，臥房裏有一個小小辦公室，辦公室上上下下竟裝了六架電話，老闆娘鎭守一邊，牆上掛著一張營業許可證，還有一張寫滿了北投旅社電話號碼的壁報紙，我問起裝那麼多電話幹什麼，老闆娘嫣然一笑，指著壁報紙：「這麼多旅社，幾個電話怎麼够？」

一般人對於「老鴇」這個名詞都會有厭惡的感覺，可是北投的女侍應生戶老板娘却都非常和藹可親，和我很誠懇的對談，談到女侍應生戶將取消的事實，言談間不免有些傷感：「北投是臺灣觀光的重點，女侍應生是觀光最重要的吸力，一旦被取消，情況眞是不敢想像。」

說著說著，電話接二連三的響起來，她忙著聽電話，我便信步到女侍應生的房間去和她們談話。

度過漫漫白日

當初北投女侍應生戶的設立有一項規定，就是以戶內臥房的大小來規定侍應生的人數，每兩坪大可以有一個侍應生，因此在這一家卅餘坪大的侍應生戶一共只有十五位侍應生。

她們把到外面接客稱爲「出館」，午后的時候她們很少出舘，除了到美容院去做頭髮，在飯廳吃飯的以外，都聚在舘內休息，準備著出舘的行當。

我看到幾位女侍應生就著窗外射進來的光，正在塗脂抹粉，並用一種比較直接而帶有顏色的話語交談，一回眸看我蹲坐在旁邊，一個說：「要死了，看戲嗎？」另一個打趣的說：「看妳水啦！」

接著我就很自然的和她們談到北投女侍應生戶今年十月底廢止的問題，她們並不是很在意，一個嬌笑起來：「管它廢不廢止，我到別的地方去賺啊！除非把我的這個地方用鐵條封起來。」另一個說：「北投可以賺，基隆可以賺，屏東也可以賺，只是賺多賺少的差別。男人都是，唉！他們需要這個嘛！」兩人停止了畫眉，不約而同回頭望著我，把我奚落一番。

也許對於這些侍應生們，北投的廢止眞不是很緊要的問題，她們只是抱著做一天算一天的心理罷了。

有兩位侍應生斜躺在床上看著言情小說，看得入了迷，她們都已經上好粧，穿著鮮艷緊身的衣服，那是一位很有名的女小說家寫的，我們談到那位女作家，她們簡直把她看成了天人，看小說已經是她們寂寞的午后唯一的消遣了——因爲她們的一分一秒都是金錢，小說也只能斷斷續續的看著。

正在我們談小說的時候，有一位女侍應生急匆匆的奔入，惡狠狠的啐了一口：「幹！中午來『休息』，眞是不要命了！」她們的工作通常是晚上開始，有中午的客人，心理都會不情願。後來，我轉到侍應生戶的樓上去，有七個女侍應生圍在一起看剛剛開播的晚間電視，雖然是冬天，她們仍穿著很單薄的衣衫，有些很暴露，像要炸出一團火來。還笑嬉嬉的對我說：「你褲子要拉緊，否則等一下會被我們强姦了。」我淡然一笑。

我們原以爲她們都是很憂患的，可是看她們的嬉笑，我們又會感覺她們是快樂的，是憂患意識被生活磨平了呢，還是賣笑賣僵了呢？我找不到答案。

這就是她們白日裡生活的全部了，一覺睡到中午，午后去做頭髮，或者在家化粧、看小說、電視，等待著一通未知的電話，然後「出舘」，去和陌生人打交道，去與流轉的生命搏鬥，通常要疲累到第二天清晨才拖著慵懶的身子回到戶內——打情罵俏，生張熟魏的生活眞是多采多姿嗎？還是單調乏味呢？

青春與金錢的賭注

後來我又走訪了幾家女侍應生戶，她們的基色大略相似，環境還算整淨的大通舖，被褥有點零亂，女侍應生舌尖嘴利。

在我和許多女侍應生的對談中，我發現她們有兩個很顯著的特色，一是她們的聲音都是低沈沙啞的，已失去少女清純聲音的原貌了，據她們表示，是長期喝酒下來的結果，天天陪酒雖把她們人人都鍛鍊成海量，也使她們的喉音被嚴重的傷害了。

二是她們的身材都是豐滿而且有肥胖的傾向，這也是所有出賣肉體的女人的特色，與她們不正常的生活方式和男性荷爾蒙有關。

至於她們經常掛在臉上的笑意，也不是眞正快樂所散發出來的笑，是相當職業化的，其實，在北投的女侍應生通常有一個十分悲哀的身世，她們的出賣青春不是自願的，往往是對家庭的犧牲，因爲以她們身受的少量教育，實在找不到更好的解救家庭危厄的工作，可歎的是，賣肉的行業是一個萬丈深淵，往往在家庭困難解決後，就無法自拔了。

我訪問到一位花名「金蘭」的女侍應生，她幼年時父親就去世了，全靠母親做零工把她扶養長大，母女兩個相依爲命，金蘭國中畢業後就到工廠做工來奉養母親，不幸的是，她廿歲的時候母親得了重病，需要一筆巨額的金錢醫治。

她說：「這時候我想到母親養我育我的種種，一定要醫好她的病，可是我在工廠一個月只賺兩千多元，正好我小時候的玩伴有人在北投執業，一個月賺幾萬元，她一再慫恿我，我想到母親的病，就到了北投。」

金蘭先領得侍應生的執照，向老闆娘借了十萬元治母親的病，自己便一步一步走入黑暗的深淵，果然，母親的病後來好了，家境也好轉了，金蘭却再也走不出那樣的生活了。因爲要一天賺三、四千元的金蘭再回去過一個月賺兩千多元的女工生活，她也沒有辦法適應了。

金蘭的悲劇不是個案，而幾乎是北投區侍應生的寫照，據幾位侍應生戶的老闆娘告訴我，她們賺這些辛苦錢，有的要奉養父母，有的要給弟妹受教育，有的要爲家庭還債，很少有把賺來的錢自己花掉的侍應生，因爲北投的女侍應生算是「公娼」，必須年滿廿歲，還要經戶長同意，雖然也有少數人受迫，大部分却是基於爲家的一片心意，否則，「誰肯把自己的女兒推入火坑呢？」

尤其是她們有充分的自由可以隨時離去（這與受不良份子左右的暗娼有絕大不同），爲什麼仍願過著這種內心悲苦的生活呢？

北投的女侍應生用青春和金錢做賭注的情況實在是社會普遍存在的問題，如果社會有充分的愛來濟助遭逢困厄的家庭，許多女侍應生原不必到北投來討生活。

退回攻擊發起線

北投將在今年十月底廢止女侍應生戶，已經是市政府的定案，恐怕很難起死回生，對於這個卽將來臨的重大變化，北投女侍應生戶採取的究竟是怎樣的態度呢？

我訪問到北投女侍應生住宿戶聯誼會的理事長莊嚴，這個問題他曾領導侍應生戶多次爭取，考慮得相當周詳。他表示，北投現在有卅二家女侍應生戶，共有六百三十一位有執照的妓女，她們扮演了北投觀光的重大角色，如今面臨的最大問題是：沒有了女侍應生，北投的觀光事業將會如何？女侍應生失業後，將何去何從？

談到女侍應生的問題，莊嚴似有滿腹的委屈，他說：「北投不必取消女侍應生戶，現在都有一些後力不繼了，因爲，以臺北爲例，誰都知道臺北玩樂的法子勝過北投，脫衣陪酒比北投猖盛得多，泰國浴也勝過溫泉浴，在旅社要叫個女人陪宿也易如反掌，而且在設備方面，女人的水準方面都高出北投許多，警方卽使出全力也無法有效管理，以這樣的條件，北投那裡是臺北的對手？」

他又認爲，北投的女侍應生每星期要健康檢查一次，要接受警方列檔管理，至少每星期臨檢一次，在管理方面確比私娼和應召站要便利許多，爲何不能全面取締全省的私娼，却把箭頭指向具有四十餘年歷史的北投女侍應生呢？

北投女侍應生在北投觀光地位的重要如何？莊嚴擧出一個例子，民國六十五年三月，由於北投華南飯店的董事長陳振華發表談話說：「北投如果沒有娼妓，當地的旅遊事業也許比現在更與旺。」這句話激怒了女侍應生戶的老闆，於是演出了一次精彩萬分的「粉紅色罷工」，六百餘位女侍應生在聯誼會的籌劃下，自三月廿二日到廿五日集體前往北港媽祖廟燒香。

這短短的四天停業，使北投的旅社平均減少了五成生意，較小的旅社更減少了八成左右，雖然旅社到淡水，臺北各地借調應召女郎來應急，仍不敷大量的需要，使整個北投的觀光業幾乎癱瘓，莊嚴說：「這個事件可以教我們看清女侍應生在北投觀光所佔的地位。」

莊嚴表示，北投今天中外聞名的觀光基礎是建立在女侍應生戶上，潛力仍然雄厚，光每年侍應生戶繳的稅金就超過一千萬元，萬一廢止，北投的觀光事業必須重新開始，對於北投是好是壞，仍難以斷言。

軍隊中有一術語叫「退回攻擊發起線」，就是兩軍交鋒時勝敗難測，退到原來的攻擊線上再度出槍肉搏，北投女侍應生戶一廢止，勢必也要退回攻擊發起線，整個北投的觀光事業，這可能也是尷尬的。

狂蜂浪蝶舞向那裡？

北投女侍應生在廢止後，究竟往那裡去，也是莊嚴最擔心的問題。

他說：「要女侍應生從良是很難的事，廢止後，她們必然從地上轉入地下，化明為暗，這樣更會造成北投的問題，一方面警方更難以管理，一方面轉入地下就有地痞流氓出頭，會造成相當大的困擾。

而且，一旦轉入地下，她們不一定要在北投營業，全省各地都可以去，北投固然色情減少了，却更造成全省的色情泛濫，因此廢止侍應生，是一項賭博，是一次很冒險的賭博。」

莊嚴所提出來的兩個方向都是有可能的，以本省色情交易的暗流激盪，北投的消失，反而可能造成更大的社會問題。所以，女侍應生戶仍希望市政府能網開一面，讓他們繼續存在下去。

我告訴莊嚴，他們的這個希望不免會落空，北投女侍應生繼續營業的夢想必然會破滅，一旦面臨廢止，聯誼會究竟希望政府在廢止前做些什麼工作，莊嚴舉出了幾點：

①請在廢止侍應生戶前，輔導六百多位女侍應生就業或從良，務必要給她們一條安穩的出路，否則廢了等於沒廢。

②目前卅二家侍應生戶，大部分是賺錢的，也有少數經營不善而債臺高築，廢止後會發生糾紛，希望政府能事先妥善調解。

③北投的「限時專送」機車共有一百多輛，機車騎士必將面臨「失業」的危險，希望也有方案輔導就業，免得發生問題。

④如果不能使所有的侍應生就業或從良，轉明為暗後，政府應如何防範？私娼必會和保鑣流氓結合在一起，要如何應付？都應該有一個健全可行的方案。

⑤隨著侍應生戶的廢止，許多美容院要關門，許多旅社要面臨營業的困境，許多服裝業，珠寶店生意大受影響，究竟又有什麼防微杜漸的辦法呢？

莊嚴說：「這些問題我們要面對它們，不要沒有考慮周詳，說廢止就廢止，問題永遠是問題，當這幾項獲得合理的解決，我們當然甘心情願廢止，否則，不是反而害了北投嗎？」

最後，莊嚴提出的一個問題也值得我們深思，如果說政府決心廢止公娼，爲何江山樓妓女戶，寶斗里妓女戶可以繼續存在呢？這對北投女侍應生是不公平待遇，究竟爲何要厚彼薄此呢？

走唱者的世界

北投的特色，女侍應生自然是最重要的一環，另一個其他地方沒有的特色，就是有走唱的樂團。

在北投賣唱的樂團分爲兩種，一種是由大飯店雇用的駐店樂團，他們是領固定薪水的；另一種是巡迴於各旅館間的走唱樂團。目前，北投的走唱樂團有七十多團，將近三百人靠賣唱維生。

北投的走唱者並不是突然生發的，追尋起它的歷史，要在臺灣光復以前，那時北投還是日軍渡假的地方，就有日本的歌妓在那裡賣唱，臺灣光復後，一些會哼兩句的人就自己跑到北投賣唱，慢慢才演變到今天樂團的樣子。

走唱的樂團通常由三人組成，一人彈電吉他，一人打鼓，還有一位小姐負責唱歌，所唱的歌則隨客人點唱，所以賣唱樂團不必有很高的水準，却要對臺語、國語、日語的歌曲有廣博的認識，才能討得客人的歡心，獲得更多的賞錢。

我訪問了幾個三人走唱樂團，據他們表示在北投賣唱並不是容易的事，因爲競爭的樂團多，所以經常要和旅社的服務生和櫃台小姐攀交情，才能時常介紹爲客人賣唱。遇到比較蠻橫的客人還喜歡無理取鬧，喜歡和侍應生拿麥克風唱個不停，並表演親熱鏡頭，有時還要樂團一直唱到天亮，其中的辛苦可知。

現在樂團演唱的價格大約每小時五百元，其餘的要靠客人的賞錢，他們每人每月的收入近萬元，比起以皮肉賺錢的侍應生相距不可以道里計。

尤其是走唱的女歌手，難免經常受到客人的歪纏，極目所見的又全是聲色犬馬紙醉金迷的生活，使她們不敢啓齒說：「在北投的旅館中賣唱。」對她們的心理影響也是很巨大的。

與走唱者談到他們心中的酸辛，不免使我想起那首哀怨凄絕的「溫泉鄉的吉他」，其中的快樂都是表面化的，隱在內裡的却是更多的苦楚。

一步一步走向光明的地方

到北投做採訪的那一段日子，我每次步出新北投火車站，就看到「光明路」的站牌，再左轉還是「光明路」的側街，與「溫泉路」的交叉口，北投的卅二家女侍應生戶和六十八家旅社大部分佈在這兩條路通往山腰的坡道上。

我每次都要站在寫著「光明路」的路牌指標上凝竚，認爲這對北投也許正是一個很大的諷刺，光明路上的光明到底在那裡呢？

當然，站在女侍應生戶營業的立場，站在觀光吸引外匯的立場，我認爲北投也許可以依現有的面貌存在下去；可是站在整個社會道德與風氣的立場，北投的存在似乎又應以一種更乾淨更正確的面貌出現。

廢止女侍應生戶的營業，必然會給北投帶來强大的改變與震撼，也許在短時間使北投的觀光業因而癱瘓，但是朝更長遠的目標眺望，任何一個以觀光爲號召的都城，若不能由它本身文化與環境的特色來吸引觀光客，必須長期依賴廉價的女色，終究不是正途——觀光與女色固不是相衝突的，也不是一定要相依賴的。

我們所寄望於北投的應該是，不管用什麼樣的方式，應該導引它沿著光明路一步一步走向光明的地方，所謂光明的地方，就是不必以青春和金錢掙扎，不必用身體和心靈的苦來換取觀光的外匯的地方。對於女侍應生，對於北投，也許這是最正確的一條道路。

我們但願，社會能發揮更大的包容與愛心，使少女不再爲了家庭的因素墮入萬丈的深淵。

我們但願，不必再在北投聽走唱者或侍應生唱那首寫滿蒼涼悲苦的「溫泉鄉的吉他」。

我們更但願，不只是北投，我們的社會也能一步一步走向更光明的地方。

華西街印象

入來坐啦！

一條小小的巷子，好像永遠也走不到頂。

在一間低矮的房子前，三五個粉白臉孔的少女正依在兩邊壁上搔首弄姿，一臉的媚笑。有兩個女人最吸引我的注意，一個跨在門檻上一腳內一腳外，臉上毫無表情，眼眸茫然地望向遠方。

還有一個拚命扯開她胸前的衣服，兩隻顫巍巍的乳房故意晃動著，還把右手誘惑地伸進衣服裏掏著，遠遠地便喚呼著：

「穿牛仔褲的美少年，入來坐啦！」然後作勢地捧捧她的胸脯。

我面無表情地自她面前走過。

她高聲的斥叫：「幹！沒囊包的，死去那裡？」

我莊肅的回頭瞪視著她，這樣的對視維持了十秒鐘，她的頭緩緩地垂到敞開的胸前。

另一個她身後的女人叉腰站出來：

「看什麼？看你祖母嗎？」

有一點不同的什麼，自這兩個同類的女人身上閃射出來。

五顏六色的身世

那站在巷子兩旁的一羣女人，便是華西街的姑娘們，她們的臉彷彿揣在衣袋中黑皮面的營業許可證，皮面都是一樣的，一掀開來，裡面蓋滿了紅紅藍藍的章子，正像她們隱在內裡五顏六色的身世。

她們站在門前，不是一個完整的人，只是一張牌子，可以公開營業的牌子，每張牌的底色均是灰黯，上面標了號碼和價格。她們多脂彩的臉上很宜於聯想，那像是皮肉上的老疤痕，五顏六色地浮凸出來，牽纏不清，又像是不小心打破一箱油彩，濺在一張素淨的萱紙上；更像是現代派畫家寫實主義的作品，背景的小巷畫淸楚了，人體却不成形狀，像一堆用力甩上去的沙拉醬。是誰用刀劃成的老疤痕？是誰打翻油彩？是那一位畫家畫不成功的作品？

我在小巷與小巷交纏中找答案。這已是秋日黃昏了，是不能直走的螃蟹上市的季節，也是姑娘們上市的夜晚了，我便這樣茫然的走著，許多年紀輕的好奇小伙子與我猛烈擦身而過，這是僅能容兩個人縮肩擦過的黑巷，早市的粉紅色燈光躍出窗口，使巷子有一種迷離而詭異的氣氛。

左一個：「來坐啦！」

右一個：「來坐啦！」

還有在碎紅花布簾子後只露出半個頭招手的姑娘們，像是把頭埋在沙中的鴕鳥。

日光在遙遠的遠方

巷子兩邊的房屋是低矮的平房，給人一種逼壓過來的感覺，擡頭也不見日光，日光在迢遙的遠方。

一位年輕的母親牽著兩個潔淨的小女兒，自我對面款款而來，女兒不時轉頭環顧周遭，自我身旁走過，踩著粗糙的水泥路面一直走過，生長在華西街小女兒們，我看不見你們未來的去路！出巷口的時候，像是見到天國，只要是人都會吐一口長氣，可是別輕鬆，就在吐氣的時候，從街的轉角處折出來一個中年女人，攀著戴鴨舌帽、彎弓身子老人的肩，附耳低語，兩人便一高一低走進一家托兒所旁邊的巷子。

我彷彿聽到女人對老人的耳語：

「青春過去了，半價優待。」

如果公娼是結疤的痕，私娼便是正生著膿瘡，無可醫治；如果公娼是打翻的油彩，私娼便是翻了的墨汁，沒有色澤，一片漆黑；如果公娼是畫壞的畫，私娼便是這張畫已經揉縐棄在牆角，多年未掃。

走過華西街，我對那條街走出來的女人，總是抱著茫然的疑惑，如同我童年打了麻藥開刀，眼睛還能瞪視，腦中却什麼也不能想了。

賣的食物以「補」的爲多

出了華西街的色部，一脚便踩進了食部，是大海中兩條相繫纜繩的船，是這樣極緊緊依靠。看粗粗壯壯或細細瘦瘦的男人在那裡吃東西，也是很不堪的經驗，總讓我想起另一羣男人正拿著刀叉，就在這條街的另一頭，吃力地啃嚼著躺在牀上並不鮮嫩的肉體。

有人站起來擦嘴，我想到小房間內臉盆和毛巾在水中的晃蕩。

華西街的食物據說味道很好，賣的東西也以「補」的爲多，海鮮是最普遍了，還穿插著賣蛇膽蛇肉蛇血的店舖，還有賣鱉的、賣鱸鰻的，一入夜就各人拉長喉嚨，嘶叫著招徠顧客。

我走到圍了許多中年人的蛇店門前，看店主宰蛇，然後把蛇血倒入杯中，一杯杯擺在桌子的前沿，說：

「這杯賣你郎客五十元，這樣是我不够意思。」他從架子上取出一瓶泡了蛇鞭的酒來說：「再加一杯蛇鞭酒，賣你郎客五十元，稍等，下面還有……」

他再自架上取出一瓶泡了奇異東西的酒：「再加一杯蛇囊包酒，再加三粒强精補腎的蛇丸，這樣多少？才賣你郎客五十元！」

有一個中年人畏縮地伸手端杯子，並交給店主五十元。

「你郎客不要小看這些，喝完十分鐘後去找一個查某，包準你拼廿分鐘，不到廿分鐘，我賠你五百。這樣還不曉得吃，也就枉費了。」

聽完這番話，一大羣人爭先恐後的把五十元丢在桌上，喝起那些神奇的汁液，一下子桌上就鬆鬆地堆滿了鈔票。

人們喝了這酒，紛紛往街那頭走去，是不是有效，不得而知，但是，我覺得華西街混的人都是有一套的。

稀奇古怪的店鋪

再往前走，可以看到一個稀奇古怪的店鋪，這是一家藥店，正播放閉路電視，是女子摔角的彩色片，人潮把店面緊緊圈住。

摔角完了，店主把電視關掉說：

「你不要看這些摔角的查某勇，我一點點藥就可以把伊們拚倒，爬也爬不起來。」

原來他在出售一種可以痲痺性器官的藥物，能延長性交的時間，像小姆指一膠瓶大小要賣五十元，這種「現買現試」的靈丹，有些人自然抵不住要買—通常就衝著店主的一句話：「擋不到廿分鐘，來掀我的店鋪。」

除此之外，只要是性病的藥，這間五坪大的店鋪均有出售，淋病、梅毒、菜花、八蛆、下疳、爛瘡無奇不有。這些藥又正是華西街最需要的，所以店雖然在這裡開了很多年，每天還是擠滿了好奇的買藥的人，他們寧可花一點小錢胡亂吃藥，也不肯到醫院讓醫生「翻出來看」。

從「藥店」中出來，迎頭一個老人扯住我的衣袖說：「少年仔，你桃花運在走了，坐下來看看，不準免錢。」

算命是老人的行業，在華西街尤其是，有許多白髮蒼蒼，白鬚飄飄的老相士，或佔一小片店面，或只是蹲踞著，面前攤開一張紅布，便可以營生了。老人與姑娘們上市的時間一樣，都是在陽光隱去的時刻。

老人與姑娘們的貨色不同，姑娘出售的是一點一滴流逝的青春，老人出售的却是一點一滴自遠方流進來的歲月——兩者同是一樣的渺茫不可抓握呀！有的人硬要把不可抓握的東西捧在懷裡，這就是延禍致病的根源了。

永恒的謎題

我感覺到感性的觀察華西街是不公平的，於是在龍山分局巡官和警員到華西街臨檢時，我便跟隨他們去走華西街。

這時候，姑娘們媚笑的眼尾成爲莊肅的表情，看到照相機時，不是衝進布簾子，便是轉身掩面，我才在她們身上看到一點點羞怯的神情。

當我看到她們的營業許可證時，被驚得呆了，其中有民國十九年生的，也有民國十五年生的，面皮已經完全鬆垂，身體已失去形狀，我不知她們竟能用什麼來吸引嫖客——這對我將是一個永恒的謎題。許可證五顏六色的戳記讓人顫慄，像是一章章掀開了生命的悲運。

後來我在每家門口，看到姑娘們六吋的半身相片，一張毗鄰一張，下面標署了花名，等待出售，她們的臉在相片中一逕地微笑著，爲何我看了總是心酸呢？笑容的背面應是什麼？

笑容後面是「休息一次一百五十元」，再後面是布簾子、是床、是臉盆，是青春如流水。

尊嚴在那裡？

我參觀了她們的房間，簡單的雙人床，頂著天花板的櫥櫃、一把吊著的風扇外，就什麼也沒有了。兩邊「營業房間」的盡頭處通常是浴室——不是普通浴室——堆滿了曾經不潔過而洗淨了的水盆，有一家竟置放了六十幾個，老鴇說：「臉盆都有在洗，有在洗啦！」

正看的時候，一個年輕人低著頭從房間衝出來，衝出巷口，一位姑娘端著一盆水倒在浴室裡，又馬上站回門口的位置。

動作剪接得相當俐落。

像什麼事都未發生過。

華西街其實簡單，它每天只發生同一種事件。

我們也和姑娘們閒扯幾句，自然也無法入港。

臨檢的最後一間，我見到一位面容姣好的年輕姑娘用哀怨無神的眼光睨我們，走出巷子，那道眼神還緊緊跟著，我們向警官要求再轉回去拍照，攝取那道眼神，警官說：

「夠了，妓女的尊嚴還是要尊重。」

我們便一路無言地走出巷子，走出華西街，尊嚴如同柏油路面，踩起來篤篤有聲。

雨後初荷

小玉已經懷了整整七個月的身孕。

我們認識才兩個月。

見面的第二天，我們便開始在海邊做冗長而雅致的散步了。

與小玉的會面，像是在村道裏偶遇西北雨，電閃夾著雨暴，叫人閃避不及。

秋天的時候，我讀到一篇未婚媽媽之家的報導，便忍不住去探視的衝動，在好心的夏護士引導下，步入那一棟光亮但却冷肅的建築物，共有五個房間，住了十二位未婚懷孕的少女，屋裏的擺設像是單身女子宿舍，簡單潔淨。

不管是坐在椅子上織毛線，或是在屋裏緩緩踱步，或甚至輕輕地唱著歌，懷孕的少女都已經海棠多謝般地憔悴了，只有一位斜倚在白色牀邊的少女，專注凝神地望著我走進屋中，她那樣隨散得宜的身姿，脊骨挺直，兩腿交疊，彷彿一幅墨漬未乾的水墨畫，畫裏僅撐出一朵荷葉，葉面上還水淋淋地滾動著晶瑩的雨珠。

我站在門口陽光抖擻的地方，看不清楚畫家在畫面上表現的底蘊，只是特別感知那雙靈動哀愁的眼眸。

她微微地牽動唇角。

我走過去，在牀對面的椅子坐下，兩人便默默對視，這時我始看清她驚人的美麗，不是荷葉的綠，而是荷花的粉紅了。

我想說我只是一個寫作的人，來看望這一座神秘的宮堡，却一句也開不了口，用力地搓著雙手。

這時候，她身子向前傾，右手緊緊扣住我左邊肩膀，用很平靜且準確的國語問道：『你幫我寫一本傳記好嗎？』那樣的語氣像是數十年前她已經知道我是一個宿命的寫作者了，只有我能完成她的傳記。

我抬起頭，正好對望到那一雙雨後青荷般的眸子，閃跳著熱切的渴盼的光，我點點頭，並且自她的眼眸移開，俯著眼瞼看她修長精雕的手指，她說：

『嚇到你了？』

隨著她這輕柔簡短的聲音，好像有一道靈電通徹的光，自她身體的某部分閃穿進我的心中，冰火電石般的擊撞，使我機伶伶地抖顫。

『每天下午四點鐘，你到門口接我，我們到海邊談，明天開始，你來嗎？』

我默然。

她陪伴我踱到門口，理理我毛衣的領子，說：

『我等你。』

一直到我走出很遠才清醒過來。回望那一幢白色的兩層樓建築，感應到自己剛剛是着了可怕的魔法，若一隻泳游了長途的青蛙，忍不住要躍上荷葉棲停。

夜裏，我洗澡時想著白日少女的面容，她印在浴室中蒸氣滿鋪的鏡子裏的臉孔，模糊却不潰散，是晨霧未散盡時的一枝荷葉，清靈微寒。

我叫藍小玉，今年廿一歲，大學一年級肄業。

我先說說這本傳記的故事大綱。

你當然很容易看出，我生長在一個環境優裕的家庭，父母都是好幾個大企業的董事長，家裏除了父母，還有一個智能不足的妹妹，兩個傭人，一個燒飯做雜事，一個洗衣和照顧妹妹，還有一個司機。

我是一個人見人愛的女孩，又美麗，又聰明，但是不快樂。

覺得自己老是孤單，人生對我來說，像是觀賞一場球賽，熱鬧，却都是陌生的人。

妹妹自然是不能談了。

傭人也沒有什麼可說。

爸媽一年裏三百天不在家，其中兩百天在國外，他們對我唯一意義是拚命買東西給我。有時候，我很久沒有看見他們了，竟是一聲爸媽鯁在喉裏，八竿子也打不出來，我甚至忘記怎麼樣稱呼他們。

反倒是鋼琴老師，讓我覺得親切。

說起來可憐，我的童年十分單調，每天有司機送我上下學，禮拜天到鋼琴老師家裏學琴，晚上在家裏看電視或發呆，唯一的娛樂是玩洋娃娃給說話說不清楚的妹妹看，有許多時候我都要偷偷哭泣，長得愈大，哭得愈多。

我最羨慕的同學是住在對街的陳美嬌，她爸爸在我爸爸的公司裏當一名小職員，媽媽在電信局當接線生，可是她爸爸每天晚上回家，家裏笑聲不斷。陳美嬌沒有司機接送，每天蹦跳跑步和大人擠公共汽車，上課經常遲到，但是她常拍胸脯說：『我坐大車，你們坐小車。』

到初中畢了業，我才學會坐『大車』。

什麼？我的童年太單調，寫不出多釆多姿？是的，正因爲它太單調，所以我才要寫傳記，因爲很多有錢人的子弟過著和我一樣的生活，說出來，我還可以回味回味那一段沒有愛的歲月。

進了大學一年級，我才擺脫了過去那種刻板單調的生活，看電影、郊遊、烤肉、跳舞、爬山，每一天都在歡躍的笑聲中度過，可是一回家，一切都被家裏的氣氛凍冷了，上了兩個月的課，我便急於搬離那個『家』，去過徹底的獨立生活。

這時候，他來了，牛津大學畢業的英國文學史教授，他六十二歲了，離過幾次婚，我對他的學問深深着迷，便跑去和他同居，三個月後我懷孕了，我又不肯嫁給他，又不肯拿掉孩子，只好來未婚媽媽之家。我來到未婚媽媽之家第三天就遇到你，你有一種氣質，使我知道你可以幫我寫傳記。

聽小玉說故事是頂好的享受，她的故事平淡，但是她的聲音彷彿斑衣吹笛人的魔音，讓我鑽在她的笛音中流轉。她喜歡把鞋子脫下提在手中，赤脚讓海水淹沒足踝，緩慢閑適地散步，說到一段落，便會微微停頓，告訴我這裏是一個句點，看到美麗的貝殼，她也會彎腰撿拾，把玩一兩步後，再擲回海中，大笑着說：

『肚子再大，就彎不下腰撿貝殼了。』

我問她爲什麼不拿掉那個孩子。

『我要生下他，給他全部的愛。』

然後，她會幽幽地補充說，她一直到目前還不知道父母的愛是什麼，到她懷孕時，與家中是完完全全鬧翻了，爸媽爲了消氣，還特地飛到夏威夷去度假。

『我爸爸氣得臉色鐵靑，說怎麼會生這樣的女兒，怎麼會生這樣的女兒，然後就叫我媽媽去整理行李了。』

她說話時，轉頭的四十五度側臉，映著陽光的嫣紅最是美麗，當海風吹起時，她披肩的長髮便有節奏地跳飛著，有時綴亂了她的前額，她會用手輕輕的撫順，她寬敞的孕婦裝更是在海風中神祕的漲開和縮小，扭曲和游移。

其實，小玉與老教授之間，她事後檢討起來並沒有什麼情愛，只是那時她太需要一位父親了，所以如果不是她要說這一段往事，要提起老教授，恐怕也老早就忘記了，那是一段晨夢，留不下多少痕跡。

她說：

『任何我喜歡的男人，在那一段時間來，我都會投進他們的懷抱。』

她的抉擇是沒有抉擇的。

小玉平常的表情淡默，却能自她的眸光中窺見她內裏熾熱的火焰，她告訴我，未婚媽媽之家的少女們，都是平靜織著熾熱。

一位僅僅十六歲的國中應屆畢業女生，在放學途中認識一個英俊的青年，便狂熾的相愛，三天後獻身，一個月就懷孕了。

十四歲的鄉村少女，經常與鄉村的男孩『辦家家酒』，然後就懷孕了。

大學畢業的女祕書，與總經理熱戀，不久也懷孕了。

『大家都是莫名其妙的懷孕，好像只有這樣才是一個結局，然後遠避到海邊的「家」來，生下孩子，拍拍屁股就走了，沒有祝福，沒有慰安，沒有愛，孩子出生後撇下不管，這算什麼呢？』她的眼中有淚光。

有時候，講故事講累了，她會要求爲她的孩子唱一首歌，便用她叫人落淚的聲音唱：

『人皆有父，翳我獨無……白雲悠悠，江水東流，小鳥歸去已無巢。』

她說：小孩子們可能一輩子都不會知道他們眞正的父母了。

與小玉在海邊散步的日子已經很久了，我們之間有一種奇妙的情愫，每到黃昏日斜，我總忍不住要到那棟白屋前靜候，而我爲小玉寫的傳記却毫無進展，每日臨夜攤開稿紙，不知如何下筆，小玉的生命，看起來簡單，却又無比的複雜，讓我不敢掀開帷幕，去看隱在美麗面容下的歡樂、沈定，或者哀愁。

一日，我正準備要去接小玉，她忽然來到我簡陋的居所，然後便眞像一位媽媽，整理著我凌亂而沒有格局的房間，她挺著大肚子收拾好房間後，長長的吁了一口氣。

『怎麼會住到這樣的地方來？』

我告訴她，我僅是一位貧窮的作家，來花蓮，來海邊躲避貧窮，來矢志寫作。

小玉高聲的笑起來：

『你是生活的貧窮，我是生命的貧窮，同是江湖寥落——』

她頓了一下，歎道：

『江湖寥落爾安歸?!』

那時，小玉的腹中已有九個月的胎兒了。夏護士一直勸她在『家』裏待產，她老是不肯安分。

這一天，她說是來讓我看看她的孩子，因爲連她都料不準什麼時候生產。

我爲她到廚房倒一杯熱茶，回到臥房，小玉竟把她所有的衣服都褪盡了，光著身子坐在牀沿上，她的腹部圓挺，雙腿在十二月天的寒涼中微微顫動，兩手平放在膝蓋上，表情平靜，淚水已經流滿臉頰。

我趕緊用一張毯子包蓋她的脊背。

『我只是要讓你聽聽小孩子的心跳。』

她緊緊擁抱著我說：『我孤單得害怕。』

俯下身，我傾耳聽到胎兒強烈律動的心跳，彷若來自天庭的另一端，她迫切地問：『怎麼樣?怎麼樣?』我說他跳得很好。

她幽幽地問我：

『你喜歡生男的，還是生女的?』那樣的語氣如同我就是胎兒的父親。

『無所謂，男孩女孩一樣好。』

『我喜歡生男的，但是也喜歡生女的，可是女孩子註定命苦，會耐不住孤單的，像我，是男孩就好了。』

『男孩也有男孩的苦處，有時候苦得更深刻。』

『生下這個孩子後，我不知道怎麼照顧他，未來的路也不知應該怎麼走？』

我輕輕理順她的柔髮，勸她回到學校去唸書。

『我學的還不够嗎？』

那天夜裏，我從家前的長巷送小玉回未婚媽媽之家，那條路眞是彎彎折折，像是沒有出口，後來我們還是走到出口。

小玉站定身子，雙手撐在她的肚皮上說：

『爲什麼我們要經常走這一種路呢？不是直線，沒有紅綠燈，人聲車聲忽焉在前，忽焉在後，永遠也不知道下一站在那裏駐足？』

小玉終於順利生產，她既生了男孩，也生了女孩，是一對雙胞胎，她清醒過來，緊緊抓住我的手，說：

『人家說一舉得男是「定心丸」，二舉生女是「歡喜糰」，我生了一男一女，卻不定心，也不歡喜。』

有一天，小玉突然不告而離開未婚媽媽之家，留下她的兩個小孩，分別給兩家人領養，他們或許也和母親一樣，將蹣跚的在生命道途上學步，小玉沒有踐行她的諾言：『我要生下他，給他全部的愛。』

我想，愛與不愛，是由不得人的，裏中有幾分天意在，我們像一盤棋，被天意下著，不到起動之際，不知道下一步往何處，下一個對手是誰？

從此，我再沒有小玉的消息，也不想去尋找她。

後來，我到未婚媽媽之家向夏護士告辭，她告訴我：『你應該和小玉結婚的，你們是很配的一對。』她說小玉在臨產的一刹那，一直呼喚著我的名字，好像我是唯一的她的親人。

我很愁苦的笑笑，心裏後悔沒有向她求婚。

終於我離開了花蓮，離開了海邊。

可是，小玉沒有離開過我的心頭。

每次我看到下過大雨的荷花，楚楚可憐的靈閃著晶瑩的雨珠時，小玉的生命之流就暖暖地自我心頭竄過。

莊嚴的旗，憤怒的淚光！

黝暗的夜色緩緩的流來，表情莊肅的人民開始從長巷、從大路、從閃着星光的弄堂中一步一步的走過來，許多長龍在黑暗中，很快滙聚成一條，盤據在松山軍用機場前門道路的兩旁，幾首雄渾偉壯的熟悉的歌聲像出自地底的噴泉，嘹亮的往黑夜的天空沖揚。

我站着，看不見四周每一個人的表情，却深深感覺那是一個共同的表情，我們在岳飛的背上看過，在關雲長的紅臉上看過，在久遠的歷史長河中看過，這一刻，那樣的表情自歷史流淌在每個人的心中，然後自臉龐閃爍出來。

那是一種眞情，比美更深刻。

那是站在苦難却堅硬的國土上才有的眞情。

許多人仰起頭來看羅列在兩旁高高的標語，上面寫了許多憤怒的詞句，對美國的精神方向及道義指標提出强烈的質疑和抗議，更多的標語提出嚴正爲國的碧血丹心，但是更動人心魄的是，在夜風中緩緩撐起的國旗，那旗，這時美得驚心，美得敎千千萬萬人低首默禱。

大國旗下揮動着無數精緻的小國旗，電視記者的强光燈閃照下，旗，特別有一種璀燦晶明的色澤，使路旁的行道樹霎時間完全失了顏色。站在莊嚴國旗底下的民衆，格外顯得堅强而不可侮蔑。

國旗，永遠是一幅最美的構圖，當它升上晴朗的天色中，靑天與藍空貼合，白日在和風中散放萬道曦光，滿地的紅霞則叫人想起岳飛在賀蘭山缺中長車縱馬。在冬日的黑夜，國旗的升起如暖暖的陽光，帶引着我們的前路。

面對這一面莊嚴的巨旗，我們的眼可以聽，可以嗅，可以嚐，我們可以聽到先聖先賢爲了建這面旗戰馬奔騰，骨折肉散的聲音；我們可以嗅到八百壯士爲了升這面旗，槍火自胸膛貫穿的硝煙味；我們可以嚐到中國人爲了飄揚這面大旗，並以這面大旗爲經緯的民主自由能長燃不熄而流淚的苦難滋味。

用眼看國旗，能體知耳鼻舌身意的五味雜陳，是佛家「觀世音」的高境界，是必須苦修深修才能得到，但是生在如今苦難的中國人，在短短的時間內都修到了。

我曾多次深入山村，農舍，地層，漁船，看到許許多多刻苦自勵的中國人，用生滿厚繭的雙手，一寸一分的墾開我們站立的土地；用熟練而世代相傳的身姿，一株一穗的耕種，收成我們吃的稻穀；用被煤灰塗滿黑彩的臉容，頭上繫一盞燈，一鍬一鏟的挖出我們燒的煤塊；用小馬力有節奏的漁舟，與廣渺無垠的大海挑戰，一網一畚的撈起我們食用的魚蝦。

這些卅年來念玆在玆努力着的人民在表達什麼？這些歷經北伐、抗戰、剿匪猶奮鬪不懈的人民是爲了什麼？

爲了這面莊嚴的旗。

爲了這面旗所追求的民主自由能同樣飄揚在對岸更苦難的中國的土地上。

正在我惦掛國旗的時候，不知道從那一個角落揚唱出一首歌：

「我愛中華，我愛中華，
文化悠久，物博地大，
開國五千年，五族共一家，
中華兒女最偉大！
爲民族，爲國家，
奮鬪犧牲皆不怕，
我們要消滅共匪，
復興中華民國！」

從第一聲響起，便有千萬的合聲從四面八方響動出來，那是三萬人用血淚的大合唱，整個深沈的黑夜都被搖動着，黑夜如果是一頭長睡的巨獅，在這一刻也會被大聲的喚醒。

我們站着，呼着口號，揮着國旗，唱着軍歌，等待來自號召人權，却伸手向最獨裁、最深淵、最沒有人權的黑暗深處擁抱的醜陋的美國代表團來走這一條路，走這一條僅有一公里却是美國人到中國來最難走的一段路。

等待由於一位賣花生的「白宮暫住者」在突發意念下，所作的最卑鄙無恥的決策者所派來的代表們，來看我們的旗，來觀照我們的臉，來正視我們的心。

等待爲了被蒙蔽的政治利益，向全世界自由民主國家發出「婢膝奴顏」、「背棄盟邦」令人寒慄信號的美國政府官員，來感知和平中國人的憤怒，來目睹沈定中國人的激情，來體察溫厚中國人的火花。

我們便那樣靜靜地站着。

同樣愛國的警察先生用長長警棍圈着我們，使我們的心更結實更緊密。

這是歷史性的一刻，三萬多個愛國的中國人，代表一千七百萬愛國的中國人——他們有的因爲遠道，有的因爲守着崗位而不能前來——來這裏站定，在歷史的一瞬裏站定。

夜漸漸深了，十點十五分，在幾輛警車的前導下，一輛卡廸萊克的轎車緩緩的倔傲的自機場的門口走來，四面八方投擲來的雞蛋、蕃茄、麵包、罐頭像雨一樣的下着，立即把那一股外型漂亮所生的倔傲淋得湯湯水水，幾袋鮮紅色的油漆立卽罩住車前的玻璃上，那是美國的迷霧，像許多事矇住卡特的眼睛一般。

「Keep Free China Free! Free! Free!」的口號像狂颷巨浪湧進美國代表們的鐵皮座車，我們瘋狂的呼喊着口號，我們激昂的揮舞國旗，我們用雞蛋、蕃茄、麵包、罐頭饗美國代表予「民族莊嚴的聖宴」，從車窗玻璃上我們看到他們冷漠無助的眼光。

許多人衝過警方的秩序線，用憤怒的拳腳捶擊座車，我看到一位流滿淚水的青年，用他雄壯的拳頭捶破車窗玻璃，血痕滲滲地留在玻璃上，他還用帶淚的嘴高喊着：「滾回去！滾回去！」

一位美麗的少女高擧着總統　蔣公的遺像，含淚默立在車前，在車燈的閃照下，她的淚耀現着淸麗的晶瑩。

一位憤怒的青年跳到車頂上，用力的踏着車頂，高喊：「中華民國萬歲！」兩顆淚珠從他豐腴的臉頰流過，滴落在車頂上。

另一位青年拿着一面世界上最美麗的國旗，橫身蓋在車頂，虎目含悲，無言地用兩手撐按着旗幟。

更多的人站在旁邊，喊着口號，唱着歌，眼中飽含盈盈的淚水。

這淚，是民族的愛所激盪的淚。

這淚，是國家的心所洶湧的淚。

任何一位有良知有血性的中國人，在這一刻，面對這樣的場面，都會被憤怒激出淚水來。

穿着黑色警衣的警察先生，衣服上濺滿了紅的、白的、黃的色彩，他們擠在民衆中間，勸慰大家要冷靜，不要衝動，許多警察先生一面勸慰，一面爲之動容，所有的中國人在這一刻都會動容的。

我們怎麼能冷靜呢？我們怎能不激動呢？一個人堂堂正正的做人，用眞情對待朋友，有一天朋友突然無緣無故砍殺我們一刀，要置之死地，冷靜是什麼？不激動是什麼？

一個國家莊嚴的立國，用道義對待盟友，突然爲了奴顏婢膝的獨斷專行，被人暗中出賣，要置之死地，冷靜是什麼？不激動是什麼？

雖然說「置之死地而後生」，但是置之死地的錐心痛楚，我們怎麼能忍受呢？

這不僅是「抗議」，而是血與淚的宣誓，是國家民族的莊嚴表白。

試想，我國自六十七年前開國以來，和美國曾經是在戰場上提刀出槍的戰友，曾經是商場上互有往來的廠商；曾經是砲火中趕來相助的好友；曾經是在聯合國草案歃血爲盟的兄弟。

當二次世界大戰的慘痛記憶逐漸被淡忘時，戰友倒戈相向；當我國不斷努力成爲美國第八位貿易伙伴時，它撕毀契約；當八二三砲火猶在我們心中烈烈翻滾。美國已忘記了苦難的盟誓；當聯合國不再是聯合之國，曾經互相濡血的兄弟也不再是兄弟了。

在中國人的倫理中，朋友是不必言說、歃血、訂盟、立誓，就可以拔刀赴湯，萬死不辭的，這種深沉的倫理關係已經維持了五千多年。在建國僅兩百年的美國政府心目中，朋友是要歃血、訂約、立誓，而又隨時可以毀約背棄的，面對這種苦痛，我們怎麼能忍受呢？

我們的先人胼手胝足，蹈火赴湯，拋頭灑血，到末了，是爲了維繫這一炷民族血脈凝聚的友誼馨香，所以，古人「無友不如己者」，恥於和不明友誼爲何物的人下交。

我們綿延相傳的儒家，到頭來，講的也是一柱俠骨，心是萬物的主，也是一身的主，心的力量最大，友誼在其中，歸結起來也是一顆赤血丹心，它是不用表白、不用强調，所以，「哀莫大於心死」，恥於與心死的人誓盟。

我們浩瀚博大的佛家，凝聚它的精粹就是「因緣」，一只茶杯本來是沒有的，因爲有了磁土和水，再用人工細心的揑，旺火去燒烤，才能成就一個茶杯。友誼本來是虛空的，因爲有眞誠和着血淚，再加上相對的細心培育，及共同的面對苦難才生成來一個友誼，抽去眞誠血淚、相對關係、共苦同甘，友誼也就是虛空了。

我們以爲，和美國的友誼有過我們文化中的馨香，有過儒家的俠骨，有過佛說的因緣，所以當這馨香因爲片面的背棄而散失，當這俠骨被惡意的折挫，當這因緣失去眞誠的血淚，中國人脈流在血液中的愴痛是很難描述的。

我們如何能冷靜？

我們如何能不激動？

車，在警方的努力下，緩緩的朝敦化北路開去，許多車中有一部隨美國代表團前來採訪的外籍記者團，坐一部大型遊覽車，借來一面青天白日滿地紅的國旗，從車窗中撐出來，用力的揮動着，原來激動丟擲雞蛋、蕃茄的民衆看到那面旗，便莊敬的留下情來，在國旗的護衞下，外籍記者團才能安然的通過。

我們的血只流在無理的出賣下。

我們的淚只滴在正義和公理上。

夜漸漸深了，車慢慢往前行去，憤怒的中國人丟完了蕃茄、麵包、雞蛋、罐頭、燈泡，也丟完了口袋中的一元五元硬幣，表面上逐漸開始平靜了。可是心中仍然是翻滾洶湧、熱血激盪，在這時，揮舞國旗可以增加我們的信心與勇氣，唱歌可以發散我們心中的積鬱與苦痛。

於是，國旗便更飄揚了。

於是，歌聲便更嘹亮了。

我原先站在最前面，只看到年輕人憤怒的拳頭和虎目中的淚光，以爲年輕人才有這樣的熱血澎湃，在人群散去的流動中，我看到這並不只是年輕人的行動。

我看到鬢髮俱白的老人拄着拐杖，手中揮舞着一面旗；我看到背負着小孩的中年婦人，雜在人群中唱「中國一定强」；我看到西裝革履的中年紳士，西裝的袖子被扯裂了，在人群中高呼着「中華民國萬歲」；我看到年輕的父親高高將幼子舉在肩上，小孩手中擎着一面旗。

這時候，我眞正感知，中國，是所有中國人熱愛的中國。

不論男、女、老、弱、婦、孺都來見證，見證中國人的不可輕侮，不可任意出賣，不可任意挨刀！大家一起來見證，必要的時候不惜一戰，縱使遍野橫屍，也不絲毫稍有顧惜。

尤其當我看到坐在父親肩上的小孩嚴肅的臉容時，深深受到感動，中國的小兒女們！你們的年紀還小，但是你們要看見、要牢記歷史的教訓，不要太相信沒有倫理道德觀念的朋友，不要太信任不與你站在同一土地口中喊着道義的朋友，不要把你的赤血丹心交給口中諂媚背後下刀的朋友。

你要看到，你的父兄如何在付出代價，如何創造歷史，那麼，你便會快快的成長，一起來爲中國創造更美麗的天光。

人群慢慢在黑暗的長夜中流散，只留下滿地的狼藉，一幅畫著沒有「牙齒」的卡特的畫像張着大口躺在地上，許多人還狠狠的從他身上踩過。

我在那條零亂的街道上徘徊又徘徊，直到凌晨的人群散去了，多夜的晚涼習習的吹來，我想到，散去的人群在國家有難時會再聚集；愛國的嘹亮的歌聲在這條路上消歇了，在更多的地方會被唱起；昂揚的美麗的旗走遠了，在更廣遍的土地將繼續飛揚；衞國的血淚流過了，在國家有戰事的時候將會不惜的再流。

在凌晨的靜夜想這些，我抬頭眺望遠方，眼界却模糊了，不聽使喚的淚輕輕沿下巴落在地上。

我們的淚只流在自己的土地上。

我們的旗、我們的歌卻要，飄揚在、嘹亮在更遠的地方。

夜的陀螺

——大學生的舞會

①知識的外衣

「不要怕，一定可以釣到的，現在落翅仔多，要釣多少有多少，何況我們只要廿五個。」

坐在駕駛座上的劉天，很穩的把著方向盤，撇著嘴角對我說。我坐在他的右側，看著台北夜街的燈紅酒綠，坐在豪華朋馳汽車中，我却因緊張而有激烈的心跳。

這是我第一次參加班上的舞會，却說不出為什麼有濃重的罪惡感。

早在星期一，坐我隔壁的劉天就天天糾纏我：「小林，班上舞會一年多來，你都沒有參加過一次，太不够意思了。你從來不跳舞，那裡像大學生？不參加舞會，算讀那門子大學？」我熬不過他們的七嘴八舌，答應這次破戒，參加一次舞會。

因為我們讀的是工學院，班上只有廿五個同學，這一次因我的參加而造成盛況——到齊。

星期二，劉天、大頭、黑番就開始籌辦舞會的細節，這一次的名目是慶祝第二學年開始。他們在郊區租了一個山莊，一夜的租金是三千元，準備用劉天家裡的音響，並準備了一些點心和雞尾酒。每個人交兩百元。

「女伴呢？」我問。

「由我和大頭、黑番各開一輛車，當天傍晚到臺北郵局前面，西門町人人公司附近去找落翅仔，三輛車，一次可以載十個人上山，三趟就完成了。」劉天說。劉天開的是朋馳，大頭千里馬，黑番開國民車，都是老爹的。

「爲什麼不找學校的女生呢？又多，又方便。」

「唉呀！和學校的女生跳舞有什麼意思？」

那個星期，平常不來上課的同學也到得很勤，下課時間就開「班會」，計畫如何在星期六到星期天早上跳個快快樂樂的通宵舞會，我因爲是生手，又是南部來的土包子，只能坐在一旁靜靜的聽。一星期很快就在上課鐘聲和舞會討論聲中過去。

在臺北郵局側門前，劉天下車走過去，和倚在欄干的一排小姐嘀嘀咕咕交頭接耳，沒一會兒功夫就帶著四位小姐過來，一位和我擠在前座，三位坐後座，我嗅到一股濃厚的粉香，趕緊把頭別過去。劉天還對她們臭蓋，說我們Y大的學生最有情調，絕對不會讓她們失望，四位小姐笑得咯吱咯吱花枝亂顫。朋馳汽車就往新店郊區超速的開去。

第二趟下來，我問劉天怎麼那麼有辦法，三分鐘釣四個馬子？「這些騷包，有東西可吃，有舞好跳，三更半夜走路她們都來，何況是坐朋馳？」

「獵艷行動」進行不到二小時，我們就找齊了廿五位舞伴，可以看出來有些是高中女生，有些是女工店員之類，還有一些不明身分。

開舞會的「山莊」，位在半山腰，公路局車在山下停，只有轎車能開上來。是兩層樓的別墅，一樓的大客廳好像專爲開舞會設的，二樓有八個小房間，供跳累的同學上去「休息」，頂樓還有陽台，十分詩情畫意。

大凡舞會都是差不多的，男女生面對面各坐一排，音樂響起，各人找定目標下舞池。我因興趣缺缺，又只會跳華爾滋和活蹦亂跳的快舞，所以跳得很少。舞池裡相當熱烈，除了第一曲是華爾滋，開頭的一段都是快舞，整個氣氛全被帶動了起來——像正在加火的開水，馬上就要沸騰。

到了凌晨，全是放慢舞，燈光也熄了，屋中人影晃動，每一對都貼在一起，無限慵懶的划著舞步，少數幾位「情況良好」的同學，則帶著舞伴上樓「休息」去了。

平常酒量很大的我，喝了幾杯雞尾酒竟一身熱火，只好跑到屋外的游泳池畔，涼風一吹，竟靠著砌起的欄杆睡著了。

一直到陽光刺痛眼皮，我才醒來，屋裡屋外忙得一團糟，三位現代騎士把釣來的舞伴接送到她們原來的地方去，其餘的同學正在收拾屋內，準備交給屋主，讓他租給晚上另一批大學生。

我沒有隨劉天送馬子下去，幫著收拾東西，禁不住對胡定國說：「昨夜不知怎麼搞的，喝幾杯雞尾酒就醉倒了，我平常可以喝一瓶大麯酒的，眞是不正常的演出。」

胡定國高聲的跳叫起來：「他媽的！你還不知道昨晚雞尾酒加了作料呀！不然我們何必到山上開舞會。」

忽然，全屋子響起了一陣强烈而嘔心的哄笑。

②肢體的交誼

「小姐，對不起，是不是參加舞會的？」大杉和我站在欣欣七路站牌下，看到衣着入時的小姐就湊上去問。然後是一道不屑的目光，或是一個甜蜜的微笑。

「跟我來。」我領著不認識的女生穿過囂亂的景美市場，然後帶到一家綢布莊的樓上參加舞會。一路上我都和那些女生亂扯，問些那個學校呀？什麼系呀？怎麼穿黃衣服，喜歡黃色嗎？心裡却幹得要命，怎麼到這個鬼地方開舞會。

今天是老牛過生日，在家裡開舞會，我因爲和老牛過從甚密，被死拖活拉來當招待。女舞伴有兩個來源，一是老牛妹妹的女同學，一是市郊的女同學，舞會的前幾天，老牛就站到班上的講臺上呼籲：「這一次是老夫生日，舞伴是大學女生，請大家給我一點面子，不要在裡面動手動脚。」臺下自然噓聲四起，大開「汽水」。

老牛的父母家人全被他哄出門去，屋裡就是我們這些毛頭小伙子鬧成一團，我因特地穿了一套西裝，襯衣領子僵得脖子不能活動自如，只好跑到屏風後面放唱片。沒想到有一個家政系的女生對我特別「青睞」，跑到屏風後面臭蓋，說什麼她也喜歡聽唱片不喜歡跳舞，也喜歡那種在喧鬧中孤獨著的人——像我就有那種孤獨和憂悒——，眞是鬼打架！

紳士淑女的舞會通常進行不太久，雖然中間有一段時間停下來切蛋糕、唱生日歌，仍然到十一點的時候就結束了。

舞會結束的節目是「送女伴回家」，一對一，剩下的人抽籤，運氣好的送短程，運氣差的愛情長跑。我懶得抽籤，就送家政系的女生回宿舍。

走到路燈下我才看出她是我們所謂「見光死」的人物，嘴大額高眼睛小。所以一路上我都不開口，只想到班上那批人明天一定要罵這個舞會沒意思。

「很少看見像你這麼害羞的男生，不像讀理工的，像是哲學系的。」見光死說。

我笑一笑，不作腔。

車子過圓山，只看到窗外流動臺北市繁華的波光。我們走過許多彎彎曲曲的小徑，停在一棟女生宿舍門口，見光死在紙條上寫下她的名字、地址和電話號碼，才與我嫣然道別。

走出來搭車時，我把揑在手中的字條揉縐，丟在路旁的陰溝裡，忽然看見自己的影子拉得很長，孤獨而憂悒。

「大學伯仔，來到我們淡水開舞會，也不先繳點路費……呀，你們沒錢，那沒關係，只要讓我們進去玩一玩就好了。」

劉天們一伙人，平常在班上十分世故老練，這時候也亂了陣脚，和大頭雖然頂在會場門口仍顯得忸怩而手足無措。

「到底需要多少？」大頭懾懾的說。

「一角。」一角就是黑話一千的意思。

「我們是讀書人，不懂規矩，請大哥們多包涵，一千元我們拿不出來，就拿五百元給大哥們塞塞齒縫，下次來一定先通報。」劉天說。

領頭長得獐頭鼠目的人說：「好，看在你們是大學生份上就打個五折吧！」然後扯過劉天手上的五張一百元鈔票，揚長的走出去，後面還跟了廿幾個嘍囉。

劉天長長噓一口氣，轉回身說：「沒事，沒事，大家繼續跳。」我們經常聽到開舞會被勒索的事，沒想到自己碰上了，心裡實在難受。

③流氓與警察

音樂重響沒多久，站在陽臺上的歪子忽然大叫起來：「是警察，好像是警察！」屋裡頓時像一條航行在海中故障的船，一團混亂，有的從後面窗子跳出去，有的從陽臺跳出去，大部份人在屋裡亂轉。

「大家安靜下來，安靜下來，警察又怎麼樣，我們沒做錯事。」劉天宏亮的聲音響起來，屋子的靜默使叩門聲顯得更沉重而急促。

開了門後，進來六個警察先生，領頭的一個說：「年輕人跳舞難免，但是跳得吵到鄰居就不應該了。」他的語氣平和，使我們放心不少，在劉天的領頭下到分局去報到。幾位討厭的女生抽抽涕涕的，大頭說：

「哭什麼，煩不煩呀？」

「學校知道要退學的。」

幸好警察先生後來並沒有把我們報到學校去，只在分局裏把我們訓誡一番，要我們好好讀書，不要耽於逸樂，並且叫我們每人寫一張「悔過書」，表明不再跳舞的決心。女生們都哭喪著臉，男生們倒無所謂。

我交了悔過書，走在夜裏的淡水街上，兩旁的房屋竟彷彿被蒼茫的古意籠罩，顯得又古老，又凄涼。

④找找對象總是要的

二年級下學期，班上同學對那些作怪的舞會已經厭倦了，而且有幾個已經脫離「棍」籍，常與女友出雙入對，參加舞會不像以前那麼起勁。

「我建議我們應該開一次正正式式的舞會，也就是高水準的舞會，邀請學校的女生，大家可以在裡面找對象，不只是玩。」有一次開班會，吊兒郎當的劉天突然一本正經的宣佈。劉天是班上的頭兒，馬上得到大家的響應。

我們把目標指向一班外文系的女生，因爲她們那班的貨色不差，班上也只有一個男生，當然爲了表現風度——那個男生也在邀請之列。

地點設在陽明山劉天家的別墅裡，我們沒課時就上劉天那裡臭蓋，並佈置那個「舞場」，貼海報、掛彩紙等等。劉天指揮若定：「一定要弄得像外國電影裡交際舞的大氣派。」

那一天還規定每個人穿西裝、打領帶，不准穿涼鞋和拖鞋，會場不准講三字經或任何髒話，違反的人請一桌酒席。

我們班有史以來最整齊的一次，七點鐘開始的舞會，六點半大家都西裝革履的到齊，一排人站在門口恭迎外文系女生的「聖駕」。

那眞是一個規矩而愉快的舞會，到底和大學女生是比較容易溝通的，即連舞池裡也溢滿了平和而安靜的氣氛。不跳舞的人就坐在旁邊的椅子上，用溫文的言詞和高雅的手勢交談著。

舞會的最後還有一個高潮——摸彩。

這些摸彩品全是班上同學帶來的，每個人帶兩份，還必須簽上自己的名字，因此獎品都不壞，女生們抽到獎品都驚詫的叫起來，帶著一種快樂而上揚的尾音。

一直到舞會結束，我們才深切的感覺到以前那些亂七八糟的舞會都是白開了。

這一次舞會造就了班上好幾對佳偶，到現在，已經是幾個孩子的父母了。

我雖沒有在那一次找到很好的對象，却留下了非常快樂的記憶，每回從陽明山那棟別墅經過，心頭就襲起一絲溫馨的感覺。

⑤禁止，永遠不是最好的辦法

舞會在今天，已經成爲大學生最重要的課外活動之一，幾乎每一位大學生都參加過舞會，並且在那裏學到一些課堂上學不到的東西。

可是，大學生的舞會仍然在學校禁止之列，有時候還會遭到警方的取締。學校在知悉學生參加舞會後，採取的行動是記大過、留校察看，有少數幾個學校甚至給學生退學的處分，這些都不是很合理的處理方式。

雖然，有若干大學生，藉著舞會，反映出來他們面對社會及學校的消極、頹廢、逃避甚至麻木的態度，但是也有更多的大學生却在舞會中進行正當的交誼，也借著肢體的活動，抒解了他們精神的鬱悶。

所以，使舞會導入正軌，應該是今後學校和警方應該努力的方向。

我覺得「舞會」是大學生在順應快速變化的社會中，精神與物質取得協調的很好的場所，如何使它成為大學生正當的社交與活動，是一個很重要的問題。

都市的臉

——現階段臺北建築

臺北街頭巡禮

時間是淸晨六點鐘，大部分臺北人還在夢鄉，我們在中山北路的紅磚道上漫步，剛剛被淸潔工人打掃過的街道，人車冷淸，顯得特別整淨，路中的行道樹也比日常來得活潑有生氣。仔細地觀察這一條聞名國際的街道，豎立在兩旁的樓房有些老舊了，以二層樓四層樓和六層樓最多，偶而會有一棟十幾層的大樓，以新的姿態在老樓房中站立著。

中山北路是一條已經興盛很久的商業街道，形形色色的服裝店、皮鞋店、咖啡廳、酒吧間、藝品舖、餐廳、理髮廳等等，還有穿揷在其中的旅社、賓館及公司行號，呈現出多釆多姿的面貌。

由於商店的競爭激烈，懸掛在樓房上的招牌很巨大，有的甚至遮去樓房一半的面積，招牌的色彩强烈而刺眼，使我們平常走在中山北路，很難察覺到招牌後面樓房的格局，尤其到了夜晚，霓虹燈亮，人潮流動，成爲燈紅酒綠聲色犬馬之凝聚，更容易迷惑了我們的眼睛。清晨，商店尚未開張，招牌沒有誘惑，我們才看清了中山北路建築物的眞面目，它因爲經歷歲月的風霜而顯得老舊了，與它內部裝潢的豪華完全不能相配。臺北市普通的大樓都在十層以上，中山北路的六層樓比起來就益發低矮了。

原因是中山北路發跡很早，依年代推算，中山北路的建築是六十年代的產物，很易於讓我們觀鑑到六十年代臺北建築的形狀。

臺北還有一些街道和中山北路相似，像南京東路、長安東路、林森北路、重慶南路等等，多少透露著六十年代的氣息。

從中山北路往下走，轉進忠孝東路、西路，馬上跳出一個不同的景觀，忠孝西路上十層左右高樓林立，還間雜著一些較低小的樓房；一到忠孝東路，高樓的等高線彷彿是平的，一路上都是毗鄰整齊的十二層大廈，結構和外觀很新，寬度和高度都不是中山北路建築能比，依建造年代推算忠孝東路、西路是七十年代臺北的縮影。

八十年代臺北建築

再轉往敦化北路和仁愛路的交叉口，大厦的高大、寬廣更令人心驚了。

單以建築物的巨大來看，這一帶應是臺北最輝煌的地段，我站在圓環面對敦化北路的方向，前面是吉星大厦和霖園大厦；左邊是老爺大厦和財星大厦；後面是康福大厦和萬成通商大厦；右邊是仁愛路上的亞洲大厦、華美大厦和一品大厦等等。所有的樓房都是十四層，還有少數正在趕工興建，我爬到一品大厦頂樓向後望去，擠鴉鴉的全是大厦，這一帶的樓房最新，大厦聚落最緊密，是邁進經濟高度發展的八十年代臺北新氣象。

在臺北街上大略走了一圈，對臺北的建築景觀有了概括性的了解，從六十年代、七十年代到八十年代，建築物很明顯的自一般性的樓房，發展爲大規模的高樓大厦，一直往上竄高，並向兩邊擴張，成爲十分奇突的格局——這種格局是在任何經濟發展的都市都能找到的。

我們只要細心觀察就能發現，這些大厦都是巨大的方型平頂建築，像是一個個裝罐頭的方箱子，非常單調和公式化；大厦的窗門都是方型鋁門窗，簡單而沒有變化；大厦與大厦密接，所朝的方向也不一定，形成相當雜亂的空間景觀。

因此，現階段我們所目見的臺北建築，呈現了公式化、簡單化、單調化的景觀。

往建築的歷史回溯，我們可以看出，現階段的臺北建築，已經完全脫離了中國建築的傳統，中國建築有變化、有情趣、可以居、可以遊的特性在臺北建築中再也無法追尋了。我們所見到的大厦，不論是外貌、構造、建材，甚至裝潢設計，全是外國引進來的，所以顯現出洋化的、非中國的建築景觀。

最讓人痛心的是，這些高樓大廈的命名也洋化了，像羅馬大廈、林肯大廈、英倫大廈、巴黎大廈、阿波羅大廈等都是赫赫有名的大樓。

我們不禁要自問：難道臺北的建築從裡到外全部洋化了嗎？爲什麼會失去中國建築的色彩？難道中國傳統建築不適合現代社會了嗎？

在世界建築中被公認爲最符合美學的中國建築，爲什麼會走出中國現代化的都市——臺北呢？

開向陽光的水蓮

爲了要找中國的建築，我們從敦化北路繞道仁愛路，一下子便到座落在一大片綠地與花樹中的「國父紀念館」了。

遠遠的，我們淸楚地看見了一列圓形巨柱，撐著一個向兩邊飛揚的黃色屋頂，走過了許多方正的西式大廈，看到「國父紀念館」特別令人心驚魄動。它安靜地座落，嚴肅中有親切，和諧裡有威儀，國父的精神在第一眼就呈現出來。

「國父紀念館」在形貌上不是承繼中國建築傳統的，但是在內容、精神與感受上，它是中國古老建築的綿延。它保持原色的渾厚圓柱，與傳統建築的雕樑畫棟有差別，它黃色的粗獷屋頂，也與傳統建築講究的細緻不同；它飛簷的剛强樸素又與傳統建築飛簷的溫柔秀麗相異；它在形貌上沒有運用傳統建築的語言，然而不管我們自任何角度看國父紀念館，它都是中國的。

國父紀念館究竟在那些地方對傳統建築做了改革，它的成敗在那裡呢？

我訪問了國內建築界十幾位傑出的建築師，他們一致認爲「國父紀念館」是很足以代表現代中國建築的，而且是傳統建築一個很大的「革命」，它是以中國傳統建築爲依據，西方建築的理念與學養來突破、創新的。

開業卅六年的建築師張敬德認爲，國父紀念館不是木頭做的，但是傳統建築木頭結構的美，它都具備了。張建築師說：「中國建築最美的部分是頂，它表現了曲線的美，以及配合自然的景觀，國父紀念館在此有很好的發揚。」

有廿七年建築設計歷史的高而潘建築師說：「我認爲國父紀念館可以拿來當成中國傳統建築運用到現代的典範，它的美，使我們感受到它是中國的，而且是創造的，不是因襲的。」

以蓋大廈著名的建築師姚元中則表示，「國父紀念館」不能說是十全十美的，但是，它至少是一個中國建築的革命，這個革命不論成功與失敗，對中國傳統建築都注入了生氣，使它活潑起來。

自美國學建築回來不久的蔡正義說：「類似國父念紀館這麼魄大的建築物，是中國建築精神的表現，我每次從那裡經過，都要被它的生動深深感動著。」

「國父紀念館」雖然被建築界認定是現代最具代表性的建築物，它的設計人王大閎却覺得仍有一些不滿意的地方，他說：「因爲設計的時間太匆促，有許多細節本來可以做得更完美的。」

王大閎表示，「國父紀念館」的設計，精神確實是來自中國傳統，但是在外貌上却希望能跳出清朝，甚至更早的宮殿建築，使大家一看就知道它是中國的，也知道它是創造的，不是模倣的。「中國建築的道路，着重的應該是中國的氣氛、中國的風俗、中國的文化背景，而不是把過去的樣子拿來重建。」

任何人站在「國父紀念館」廣場前抬頭仰望，都會被它的精神震懾，無疑地，它是中國的；無疑地，它也是現代化的；它將傳統與現代，環境與建築做相當美觀的交揉。

座落在許多緊鄰的單調的公寓大厦中間，國父紀念館格外突出，像是在一個池塘中，雖然有各種植物，其中有一朵水蓮卓然而立，在陽光中熠熠閃爍。

中國的大帽子

像「國父紀念館」這麼生動而有情趣的中國現代建築，是不是能闖出一條潮流，中國建築師面對現代社會時，對傳統建築有什麼看法呢？我們來聽聽建築師的意見。

王大閎說：「所謂建築要有中國特色，便是大家要有意志，有意志去創造中國人的生活方式，這種生活方式當然是包括建築的。如果我們都有意志創造新的生動的有趣味的中國建築，把傳統的東西拿到現在來有什麼困難呢？」

高而潘說：「民國五十九年我到日本京都參加『世界建築設計會議』，曾經抽空到著名的東大寺參觀，當時我還是個窮學生，用步行去東大寺，走了很遠的路，我冒出滿頭大汗，忽然在一個森林中看見一個大帽子，那是中國式的屋頂，我興奮極了。

後來，我坐在寺廟中仰頭看那個中國的大帽子，深紅色的頂映在澄明的藍空上，我受到很大的感動，疲倦也忘記了。我覺得對中國傳統建築是『感受』的問題，它是一個觀念，中國人蓋的西式建築，如果以中國人的精神出發，也是中國的。

並不是在所有的建築物上蓋一個中國的大帽子就是中國了。」

姚元中說：「中國的歷史文化太久了，所以很固執，有些東西要變不容易，但是每一個有出息的子弟都要勇於繼承，也要勇於改變，我是功利主義，我覺得中國的東西要講氣派、講尺度，在現代社會，與西洋建築比起來不會寒酸，不會遜色，而且它必須是整體的，不只是個人的。」

蔡正義說：「我國的建築系設在工學院，外國的建築系設在藝術學院，甚至有些是獨立的建築學院了。這是一個很重要的概念，我們首先要大家普遍突破『建築師是工匠』的觀念，把建築肯定爲藝術，然後追索我們傳統建築的藝術應用到現代來，延續它的精神，當然，它必須適合現代人生活爲基礎。」

張敬德說：「以現代中國式的建築來看，中國建築是退步不是進步，以前中國建築的結構每一部分都有意義，做工都很細，色彩也厚實美麗，我想，中國建築要提倡，一定要先從『眞』做起。」

白瑾說：「傳統與現代如何接續：一定要找出中國人的傳統生活是什麼？到現在它應該是什麼？我想，以前的中國人生活是自然的，建築也是自然的構造，它要有格調、有情趣，是爲了生活而產生的，不是有了建築，我們再去適應。」

歸納這些建築師的意見，我們大概已看見了中國傳統建築面對現代社會的幾個關鍵：

①傳統不是型態的、表相的，而是內容的、精神的。接續傳統並不是承繼傳統的大帽子，而是它的情趣和格調。

②要是創造的，不是模倣的。現代中國建築不能只來自圖表或前朝的模倣，而應該是在中國傳統建築中涵泳，在建築師心中凝聚、提煉而創發出來的，它既能跟上世界建築的水準，又有中國的特色。

③要是當代的。現代中國建築要以中國傳統文化爲背景，它的設計、它的環境、它的格局却必須能適應於現代人的生活方式，不是泥古不化，固步自封。

總之，如果中國傳統建築是一頂大帽子，那麼我們要它戴起來美觀、舒適，並能表現出戴帽的人的背景和身分。

都市的臉

我們進入一個都市，眼睛首先接觸到的是都市中的建築物，這是最直接也最有力的都市語言，因爲從建築物，人們很容易就能判定這個都市的文化面貌。所以，建築是都市的臉。目前，臺北建築所呈現的是一張暴發戶的臉，濃粧艶抹，珠光寶氣，缺乏一種自穩建中成長的氣質。

關於這一點，我訪問到去國廿二年的畫家蕭勤，談談他看見這張「臺北市的臉」的第一印象。

蕭勤很坦直的說：「我回到臺北，像走進一個西方的都市，與廿二年前相比，臺北的高樓使我迷亂了。我回來住了兩個月，看到臺北建築太沒有特色，也太沒有思考了，幾乎找不到休閒娛樂的環境。」

蕭勤認爲，一個都市的建築如果好，我們從都市本身就可以得到樂趣和享受，像在街上，在河邊散散步，或在路旁椅子坐下，就很享受了，可是臺北建築缺乏這樣的趣味。

臺北建築爲什麼會缺乏趣味而流於公式化？爲什麼會沒有美化而流於機械化？一般建築師認爲，由於臺北的都市計劃不是長期的，常常因經濟的發展，房子來配合經濟，於是兩層樓在短時間內變四層樓、六層樓，甚至到廿層樓，建築的壽命太短，建築改變是零碎的，不是整體，便使新建築變得俗醜，舊建築顯得髒亂，趣味和美化從而消失。

更有的建築師認爲，臺北建築發展得太快，使綠地很快被吞吃了。綠地的消失，使人與人間變得漠不關心，使人居住在「浮面」的大厦中，生活裡只有賺錢、享受，以及緊張，在這種情形下，談什麼趣味和美化。

都市的臉倘若是建築，那麼它的身體便是整個都市的規劃和格局，它的靈魂則是文化與歷史的基架。一個都市如果身體不好（沒有綠地），靈魂不清明（沒有吸取歷史文化的養份），這張臉不是貧血的，便是俗氣的。

就這個觀點看，臺北最急需的不應只是擦脂抹粉，而是要吸收好的養料。

創造和諧的生動的臺北

近幾年來，經濟成就對建築的衝擊最大，我們在緊急需要下，來不及思考和反省，便已經形成現在的面目。

到現在，經濟穩健了，可以喘息了，便有很多人站起來問：臺北應該是這樣的嗎？

答案無疑是否定的。

這股自省的力量，在其他藝術反映得更强烈，大家一致要求要中國的文學、中國的音樂、中國的舞蹈、中國的美術，對建築，自然是要求「中國的建築」，以這樣的心，面對今天的臺北建築不免要搖頭歎息。

王大閎對這個觀念提出糾正，他表示，眞正好的中國建築和眞正好的西方建築，對臺北應該都是好的，中國與西方建築並存共容，並不會失去一個城市的特色。他說：「事實上，我感覺好的西方建築都帶有東方風味，兩者並不是相悖的。」

從中山北路的六十年代臺北建築，到忠孝東路的七十年代，一直到敦化北路、仁愛路交界的八十年代做一番考察，並向前瞻望，我們能推斷臺北建築走的仍是西式的往高空發展的道路。我們不敢要求臺北建築不往更大的方向走，但是我們希望它能有一些重大的突破，使它更生動、更和諧、更美化、更合乎中國人的生活，希望臺北不僅有一個好的臉孔，也有健康的身體，和深邃的靈魂。

附記：受訪的建築師與藝術家簡介：

王大閎：劍橋大學建築系畢業，哈佛大學建築研究所畢業，作品有「國父紀念館」等。

張敬德：上海之江大學建築工程系畢業，作品有「中央新村」、「新店社區」等。

高而潘：成功大學建築系畢業，曾遊學日本，作品有「臺北美術館」、「新淡水高爾夫球場」等。

姚元中：成大建築系畢業，曾遊學美國，作品有「林肯大厦」、「老爺大厦」、「福樂大厦」等。

蔡正義：美國肯特州立大學建築研究所畢業，作品有「新光獅子林大廈」、「泉之鄉」等。

白瑾：淡江文理學院建築系系主任。

蕭勤：國際級的中國畫家。

中國卡通的道路

卡通不是漫畫

「小朋友，現在請大家想一想，我們面前有一座森林，森林有小鳥飛過，發出吱吱的叫聲；一個水池，水池裡有魚兒在游；小白兔在草地上跑來跑去。現在，我們用音樂來聽聽這個畫面。」

臺灣電視公司兒童節目「愛的世界」裡，兒童們喜愛的賈承達「賈叔叔」，正在教全國的兒童畫卡通，他談到卡通的音效時，請到鋼琴家楊元豐上節目，在毫無準備的情況下，賈承達構想畫面，楊元豐便卽興的用鋼琴旋律表現優美的畫面和動作的趣味。

兒童們正在構思「賈叔叔」的畫面時，「楊老師」的鋼琴音樂隨卽湧進他們的心田，一時使畫面和音樂交溶，所有的小朋友都被自已腦中的卡通迷住了。

教兒童畫卡通，做一系列有系統的教導，是臺灣自有電視以來的頭一遭。主持這個卡通時間的賈承達已經有十五年製作卡通的經驗，他希望藉著卡通教學爲小朋友「揭開卡通影片製作的奧妙」，他强調的是「卡通不是漫畫」。

「全世界的小朋友幾乎都愛看卡通，可是小孩子看卡通知其然而不知所以然，以爲是連環漫畫書搬上銀幕，我做這個節目就是希望能使小朋友了解卡通畫面背後的一些東西。」

「卡通時間」分爲六個單元：①設計概念：賈承達在現場畫卡通，介紹了造型設計的基本觀念，譬如，巨人像座山，傻子像個瓜，瘦子像竹竿，仙女像蝴蝶等「造型」的直覺。

②表情變化：先說明如何決定眼、鼻、耳、口的位置和個性，並邀請小朋友上臺，把不同的眼睛、眉毛、鼻子、嘴唇配在一起，生動逼眞，引發了小朋友濃厚的興趣。

③分解動作：舉實例做卡通人物分解動作示範，並講解動作的彈性變化，以及透視的趣味，使小朋友知道卡通人物如何由呆板的畫片成爲活的生命。

④音效配合：即興的現場鋼琴演奏，配合畫面想像力訓練，初次上臺的小朋友在這種啓發下，共同配出了「王子救美」一片的音效。

⑤色彩效果：介紹色彩對人物性格、劇性關係及帶給觀衆感受的影響，並說明了造型、色彩、動作、劇情和音樂的密切關係。

⑥電影特性：特別强調卡通不是漫畫的連續，而是綜合了美術與電影的整體藝術品，簡單的介紹鏡頭、劇情、動作、感受的關係。

賈承達在臺視主持卡通時間以來，小觀衆和家長們鼓勵、求教的信函像雪片般飛來，帶給他無比的信心，他肯定的說：「中國卡通是有前途的。」

民族性與世界性

可是，中國卡通的前途在哪裡呢？

目前在三家電視臺播出的卡通影片佔的份量很重，臺視除了這個卡通時間外，每天中午播出「卡通世界」，晚上播出「星星王子」的卡通影集；中視每天晚上播出「科學小飛俠」卡通影集；華視每天晚上播出「無敵鐵金鋼」卡通影集。這些卡通片均同樣受到兒童的歡迎，不亞於幾年前在國內放映的「兎寶寶」、「頑皮豹」、「太空飛鼠」、「醜小鴨」、「大力水手」等卡通影片。

卡通影片的風行不禁令我們想起一個問題：爲什麼這些在國內放映的卡通影片，全是外國進口的？是不是國內沒有人會製作卡通影片？

這個答案當然是否定的，在國內各角落有許多一流的卡通人才，只是限於財力，在劇情長片上無力與國外大規模的影片公司競爭，只好做一些廣告挿播的短片，可惜的是，這些充斥在電視上的外國卡通影片並不全是適合中國兒童看的。

像賈承達就認爲，外國卡通影片在人性上、在故事上、在奇妙幻想上、在誇張效果上均有世界性，然而它的人物造型、人物性格、趣味幽默有很多不合我們民族性的地方。

卡通在無形中對兒童會產生很大的影響，中國兒童的性格如果受外國卡通影片的引導，恐怕不是民族之福。因此，如何發展卡通，是現階段中國兒童教育與娛樂相當重要的環節。

近些年來，曾有許多卡通畫家在默默爲中國卡通努力，希望能從世界性卡通的陰影走出來，開創卡通的民族風格，由於在做法、內容、經營各方面都有偏差，致使一直沒有發生明顯的績效。

中國卡通曾有很好的丕基

其實，中國卡通曾有過很好的丕基，早期並領先了日本、歐洲、英國的卡通十餘年。

民國十六年，萬氏三兄弟就在「國光影片公司」研究卡通製作，隔年進入「長城影片公司」完成了中國第一部卡通影片「大鬧畫室」，同一時期，萬氏兄弟並爲「大中華公司」繪製「紙人搗亂記」，爲「聯華公司」完成「血錢」、「同胞速醒」、「狗偵探」、「精誠團結」、「蝗蟲與螞蟻」、「龜兔競走」等宣傳片，這是中國卡通的萌芽時期。

民國十七年，萬氏兄弟進入國內最大的「明星影片公司」，拍了「國貨年」、「航空救國」、「神秘小偵探」、「民族痛史」、「新潮」、「抵抗」等更具水準的短片，並傾力製作了「駱駝獻舞」、「新生活運動」兩部有聲長片，使中國卡通從無聲到有聲，自短片至長片，邁進了一大步。

一直到民國三十年，萬氏兄弟推出了一部純娛樂故事長片「鐵扇公主」，這是萬氏兄弟的代表作，也是中國卡通的巔峯作品，此片耗時一年四個月，動員七十餘人，用目前的水準衡量，技巧仍是相當成熟的。日本東映公司在西元一九六〇年製作「西遊記」時，就是參考了「鐵扇公主」來發展人物造型。

當時喜愛卡通的風氣已很普遍，卡通人才的培養成爲急務，國立社會教育學院遂於民國三十二年創立了電影藝術人員訓練班，專門訓練卡通人才，是到今天我國培養卡通人才的唯一正式機構。

本來已經朝氣勃發的卡通藝術，由於遭逢抗日等長期的動亂，竟停了很長的一段時間。一直到民國五十三年趙澤修自美國華德狄斯耐和華納片廠，及日本東映公司學習卡通歸國才打開僵局，先後創立了光啓社的動畫部門，及「澤修美術製作所」，再度掀起卡通高潮，也訓練了一批卡通的基層人才。

趙澤修領導卡通界時，先後製作了「上學去」、「小山胞」、「懸崖勒馬」、「石頭伯的信」等，均得到很高的評價。他的代表作是卅分鐘長，卅五厘米彩色的「龜兔賽跑」。「龜兔賽跑」雖然在造型上仍受狄斯耐卡通人物影響，作品也帶一點美國式諧趣，但是在背景及人物性格塑造上已有很濃厚的民族色彩，等於是民族性與世界性的結合，非常成功。

基於國內市場需求的問題，及外國卡通片的競爭，抱著滿腔熱血的趙澤修只好放下奮鬥了七年的卡通事業，到美國從事純繪畫。他手下的工作人員也因而分散各地，使中國卡通的發展又停頓了一段時間。

但是，總有一批人在默默的努力，近些年來除了電視商業廣告採用卡通的風氣逐漸普遍外，重要的作品有賈承達的卅分鐘「生命的開始」、「中華歌舞劇」；鄧有立的十分鐘「新西遊記」、二小時娛樂劇情長片「封神榜」；黃木村的七十分鐘社教影片「暴秦的滅亡」、「臺灣與大陸的血緣」，及一系列的「交通安全」卡通片等等。

過去的中國卡通受到美國與日本影響很大，自從趙澤修以後，已開始擺脫外國的影響，逐漸建立起民族的風格，這應該不是偶然的；而是與早期的丕基遙相呼應，是民族特性源發出來的，當然，幾位埋頭耕耘的卡通作家不應該被遺忘。

為中國卡通留下史痕

近期的卡通畫家最重要的是趙澤修，他因為從小愛看卡通片，後來在師範大學藝術系主修水彩和設計，更激使他對卡通的興趣，畢業後進入日本「東映」卡通部受訓半年，結訓後進入加州大學電影系進修，課餘並親隨卡通大師華德狄斯耐學習和工作了兩年。

這時，趙澤修對卡通有了成熟的概念與技巧，也已是知名的水彩畫家。他在美國開了兩次水彩畫展，一口氣賣掉八十張畫，一位美國朋友問他：「這些水彩畫，你爲什麼不爲自己的國家留着？」

趙澤修告訴他：「中國有許多純藝術家，却沒有動畫家，我需要一筆錢購買發展中國動畫的器材。」他返國的時候帶回整整六十二個箱子，重達四千磅的卡通資料和器材。

趙澤修是藝術家，本來應該追求藝術的獨創性，他肯放棄個人藝術表現，追求集體創作的卡通藝術，爲中國藝術界開闢新風氣，他的這份膽識是令人敬佩的。

他爲卡通不眠不休的努力，使他贏得民國五十五年的國家文藝獎章，當選民國五十六年的十大傑出青年，以及中國視聽教育學會贈給他一面獎牌，不僅是他的榮耀，也代表卡通的藝術與成就。

與趙澤修同樣出身於師範大學的賈承達，也是近期卡通的重要人物，他一樣自小就喜歡看連環漫畫，對「活的漫畫」更是着迷，進入藝術系後便醉心於國外卡通圖書的涉獵，得到一些完整的概念。

進入台視當美工設計後，便從事戲劇片頭的卡通設計，像「你我他」、「追根究底」的片頭便是他的作品。他不但會畫，對電影、戲劇、音樂都曾下工夫研究，他說：「我的作品並不是從畫面推演出來，而是先有故事和音樂才開始設計畫面和人物。」

由於關心國內卡通事業，賈承達在世界新聞專校電影科開了一門「卡通動畫」課程，六年來，訓練了不少卡通的基本人才，現已分佈到國內廣告公司從事卡通繪製。

賈承達很有信心的說：「也許我們的卡通還不夠發達，但是一有機會，分散到各地的卡通製作人才便能集合起來，發生很大的作用。」

出身復興美工科的黃木村，曾是趙澤修的學生，他默默在卡通界努力，使他得到一座卡通影片的金馬獎——也是卡通獲金馬獎的第一位。

黃木村對卡通的實際製作有很大貢獻，由於他不斷的追求和苦練，創建了「中國青年動畫公司」，在政府的支助下，繪製了許多部社教片，目前還在國內三家電視台聯合播出。他並且分期訓練了一批喜歡卡通的青年基本的卡通知識。

他說：「現在卡通的發展仍有困難，但是十年前創立時更困難，我認爲，我們可以從困難中走出一條路。」

和黃木村一樣做實際工作的鄧有立，五年前便創立「中華卡通公司」，他雖然只有小學畢業，繪圖的基礎却非常穩固，使片商有信心投下巨額資金給他拍攝劇情長片「封神榜」。

可惜「封神榜」因爲沒有很優秀的編導及音樂家的參與，使這部片子的畫面雖美，風格也很中國，却流於平面的舖敍，無法滿足已經看過千百部卡通影片的兒童，上片三天便下片了。

但是鄧有立有這個膽量仍是令人欽佩的，他說：「失敗沒有什麼，至少跨出一步了。」

除了這些人外，比較傑出的還有宏廣綜藝公司的王中平，遠東卡通公司的蔡志忠等。

為卡通獻身的人，在目前雖稱不上很大的成就，他們的努力卻一一為中國卡通的歷史留下史痕，像是播一把種子在其中，總有長大的一天。

卡通不是萬能的

既然有許多人在卡通的園地中耕耘，也有了一些成績，為什麼還不能和外國卡通影片一爭長短？在追訪國內卡通界人士時，他們提出很多缺點，歸納起來或者可以提出一些具體的建議，但願能刺激卡通界，而萌生新的氣象。

①在觀念上，應認清卡通影片不是萬能的，它雖然比電影更能誇張，也能用各種方法造成電影無法達到的效果。但是卡通仍然比較偏向諧趣、娛樂、諷刺、嘻笑、打鬥等戲劇傾向，如果遇到嚴肅的主題便有其局限性，而無法發揮，譬如卡通可以拍「西遊記」，若拍「孔子傳」就要小心了。同理，宣傳「家庭計劃」的趣味性就會造成比做「交通安全」收效大，這一點，在國內卡通界有待澄清。

②國內卡通界繪畫的基本人才很多，然而高水準的領導人才卻寥寥無幾。基本人才多，在畫面的完美、人物的造型固然可以達到要求，因為缺少設計、編導、音樂人才的參與，卡通影片通常在深度上、思想上、故事上有所欠缺。如何吸引高水準的人才參與卡通，由上往下推動，是一個很重要的問題。

③國內卡通的需求量很少，眞正需要的只是少數廣告影片及片頭設計，造成供過於求的現象，於是大家惡性競爭，以低廉的價格爭取客戶，由於製作成本太低，很難得拍出眞正高水準的作品。

④現今國內有部分卡通公司，依靠爲美國和日本卡通加工出口維生，依據外國的脚本與人物繪圖，久而久之，非但豐富的創發性受到戕傷，在繪製中國人物時也受到國外卡通的陰影。

⑤國內的卡通，應以我們這個時代爲主，落實對食、衣、住、行的關心，它所表現的應是此時此地中國人的面貌，如果自古代故事取材，也應具有現代精神，反映中國人特具的民族風格，所有的故事與創想皆應由此出發。

國內卡通仍有這些明顯的缺點，所以我們應懷著學習的精神、謙虛的態度，和寬廣的心胸，多看國外的卡通來改進我們的卡通，要知道，卡通不是萬能的，卡通畫家也不是萬能的。

期待中國的新卡通

與許多從事卡通的人交談，到卡通公司看到很多工作人員在暑夏裡揮汗畫卡通，並且觀賞了他們的許多成品，他們不惜一切投入卡通的精神，確實令人感動。

也許，他們的待遇並不高，他們的市場並不廣，他們不斷的接受生活的錘鍊，但是，他們有一個共同的信心：中國卡通是有前途的。

最可喜的是，卡通製作人員普遍的有民族的覺醒，他們不再以爲國外卡通加工賺錢爲己足，逐漸掙扎、蛻變，使中國的卡通在普遍的人性中反映强烈的民族感情。

然而，卡通片一向受到純粹繪畫思潮的影響，抽象藝術出現影響了抽象的卡通，「超現實」、「印象派」、「歐普」、「普普」等思潮也使卡通一再開拓新的境界，我們要反省，千萬不可以目前的少許成就沾沾自喜，在中國繪畫思潮急遽變動時，如何才能讓中國的新卡通與繪畫的主流相結合呢?

爲廠商和消費者動腦

用微笑擁抱他們

民國五十九年，中華七虎少棒隊在美國威廉波特折刄，國內民衆對棒運的狂熱，像一把熊熊烈火被無情的澆息，一時斥責之聲四起，甚至有許多人把責任怪到少棒隊員身上，使遠在美國的小球員，身心均受到巨大壓力。

正在七虎隊返國的前夕，國內數十家廠商聯合製作了一個廣告，巨大的篇幅中有套紅的七字大標題：「用微笑擁抱他們」，短短的文案是：

「爲了國家，爲了民族，爲了全亞洲，七虎的鬥志盡了一切，付出所有，含淚的戰鬥到底，那麼，失敗還算什麼？

今天，中華少棒球隊，爲我們帶回來『雖敗猶榮』的精神代價，在他們勝利的時候，我們只有無條件的分享他們的光榮與驕傲，失敗時我們該給他們什麼？

讓我們全國同胞：

用鼓勵來安慰他們！用微笑來擁抱他們！明年再來！」

這一則簡單有力的廣告，對於當時惱怒的國人是一記當頭棒喝，在棒喝中體會了人與人間的溫馨和關懷。

「用微笑擁抱他們」是臺灣廣告界的一座紀念碑，使廣告從純廣告的、私利的，邁進了公益的、社會服務的範圍，廣告人不再以站在客戶立場盈利爲已足，而是進一步考慮到爲消費者服務了。

此後，廣告起了一些根本的改變，像「您的健康，是我們的心願」的奶粉廣告；像「聯考前夕，請家長保持從容」的鋼筆廣告；像「家是不要地址也能找到的地方」的建築廣告；像「音樂是和諧的生活方式」的電唱機廣告等等，出發點都是消費者，也具有社會性，可以淸楚的體會到國內廣告業的改變。

這種改變，應是一項進步，一方面表示了廣告從業員素質提高，一方面也反映了消費者素質的提高。兩方面的提高則顯示出整個經濟的繁榮與國民消費力的增加，它不是偶然的，而是長期演進得來的。

我們如果以民國五十年臺灣廣告代理業制度正式建立，做爲臺灣廣告史的始，則民國五十九年正好是一個顯著的分野，可以自其中尋出一條進步的脈絡。

新時代的舵手

曾有一個廣告公司自許爲「新時代的舵手」，在他們的廣告版面上攝製了一隻手急速的旋轉一個地球，文案是「睿智經驗的舵手，掌握整條船的命運，經驗老到的廣告代理商，對於整個企業的成長也有決定性的作用。」這個廣告文案，我們若從經濟發展着眼，稱廣告業爲「新時代的舵手」並不爲過。

因爲從一個國家的廣告事業發展，可以看出這個國家主要媒體的發展，自媒體的發展又能考察到經濟是否良好，十年來，臺灣廣告業的飛躍進步似可以做爲經濟優異成果的考量依據。

國內目前的四大廣告媒體依序是報紙、電視、廣播、雜誌，由於競爭激烈，爲了爭取廣告客戶，均努力的加强內容，不斷地改進，促使文化水準的提高，也對經濟發展有强力的刺激。

臺北市廣告代理商業同業公會目前一共有一百廿五個會員，廣告工程同業公會也有一百餘家，但是眞正與廣告命脈息息相關的却是廣告代理業中，組織健全、規模完備的廿餘家公司。

廣告能開闢商品市場的營銷，這廿餘家規模宏大的廣告代理商掌握了廠商與消費者的密切關係，也引導開展了商品銷售的動向，所以目前國內正極力發展經濟時，稱廣告業者爲「新時代的舵手」也算適當。

即以國內最大的廣告代理「聯廣廣告公司」爲例，其中包括了業務、製作（文案、設計、攝影）、企劃、管理等單元，擁有員工一百四十餘位。

他們每一年花費一百萬元的市場調查費用，每兩星期做一個電視收視率調查研究，把一部份盈利用來做情報收集、人才訓練、市場了解等完整而有系統的廣告作業，事實上已掌握了商品成敗的命運。

但是，聯廣公司的標竿是「不以客戶的預算爲最後目標，而是以幫助商品、服務大衆爲最後目標」，這種大氣魄使聯廣在短短八年中躍居臺灣廣告界的首位，它不僅在廣告製作上可做爲廣告同業的借鑑，它完整一貫的服務態度，也是臺灣廣告界走向新時代的代表。

表面的廣告只是末梢

究竟十年來，臺灣廣告最大的變革在那裡？

有多年廣告經驗的聯廣公司業務四部主任莊淑芬很簡單的說：「過去的廣告是純廣告式，只是把客戶的商品展陳在媒體上就算完了。現代的廣告則是廣告人參與客戶的作業，從資料的收集、市場的調查、商品的推銷，一直到廣告出現，廣告人和客戶都有緊密的連繫。」

她認爲，在現代廣告中，商品出現在媒體上只是廣告的末梢。

莊淑芬在廣告界有八年歷史，幾乎是臺灣廣告史的一半，以她到先進國家考察的結果和本身的體驗，她認爲國內的廣告業在發展上仍有兩大癥結有待突破：

一是市場資料的完整。國內除了大規模的公司有完整的市場調查，小公司猶未建立制度，應在這方面加强。

二是廣告品質的提高。國內廣告大多仍是直接的訴求，少有迂迴曲折，尙無法達到「廣告是藝術」的要求。

莊淑芳是聯廣公司唯一的女性主管，她覺得女性廣告人所遭逢的困難比男性多，但是開創的機會完全一樣，只要能力好還是可以立足的。

其實，最複雜、最富變化的廣告界，已經有許多婦女投入其中，凱美建設企劃部主任廖輝英也是其中很傑出的一位，她曾有多年撰文和企劃的經驗。

她說：「企劃撰文工作人員，要從頭到尾深入其境，瞭解產品、市場、行銷、顧客喜好、價格問題及專櫃流通路線等，全盤的、主動的瞭解，才能創作出好的文案。」

她認爲，好的廣告文案不該是枝葉蕪雜，讓人望而却步——一個女性廣告人也應該這樣明快流暢。

對於廣告，廖輝英覺得是「在商品及顧客間搭上一座親密的橋，讓他們互相溝通、打成一片。」

擔任美術設計多年的霍榮齡對廣告設計的信念，則是單純而熱情，她認爲她追求快樂的方式是「透過相機，抓住眞實生活的刹那。」

她感覺到做爲一位女性廣告設計是「孤獨、誠實而熱忱的。」

從這三位擔任業務、企劃、設計的女性廣告人言談中，我們不但能查探到廣告的堂奧，年輕女性投入廣告界也印證了廣告的普遍性，及其源源不絕的生機。

山轉路也轉

由於工商界了解到廣告的重要性，現在沒有任何一家稍具規模的廠商敢忽視廣告的力量，普遍將廣告費用列爲成本中的一部分，甚至有些大企業專爲自己產品的營銷設立一個廣告公司，致使國內目前有三種類型的廣告公司：

①綜合廣告代理公司：組織健全、規模完備，鉅細靡遺的代理廣告業務，有較科學的、邏輯的、合理的作業方式，如聯廣、國華、東方、臺灣、太洋、劍橋等二十餘家公司。

②家庭式廣告公司：規模較小，附設於大企業之內，專營該企業的商品廣告，如國泰關係企業的國泰建業廣告公司，國聯工業的國和廣告公司，南僑化工的南聲廣告等約十家公司。

③電視廣告代理公司：被稱爲是「廣告界的掮客」，裡面沒有設計部門，以抽取廣告傭金維持，國內共有三十餘家。

其他還有代理房地產廣告及報章雜誌分類廣告的數十家公司，使國內廣告業蔚爲一片花繁葉茂的景象。其命脈之所繫，卽爲經濟的持續成長。

如果以十年爲一周期，民國五十五年國民的年平均所得爲七千六百七十七元，廣告總額是五億六千零卅元；到六十四年則平均所得是兩萬六千八百四十元，廣告總額是卅三億四千四百萬元；年平均收入增加三倍多，廣告額則成長近六倍，經濟的成長無疑的，是廣告成長最有力的支持。

未來的五年經建計劃，到民國七十年，臺灣的國民年平均所得將達五萬六千元，消費力增加一倍以上，山轉路也轉，則廣告的美好遠景是可以預期的。

廣告不是魔術

今年五月，中國時報與經濟日報分別舉辦了「時報廣告設計獎」和「金橋獎」，宗旨是：「提高廣告設計水準，增加社會人士對廣告設計重視，裨益經濟繁榮。」

早在民國五十四年，臺灣新生報卽已擧辦過「報紙廣告設計競賽」，從相隔十二年的作品中，我們很清楚的看見了廣告設計的幾個進步：

①編排由鬆散而緊湊。

②由平板進入優異的攝影水準。

③文案的生動活潑將廣告帶入新境界。

④新奇而良好的創意推陳出新。

⑤從黑白到彩色，自凹板印刷進入平板印刷。

⑥文案與畫面的配合，極見高明。

以中國時報得獎的作品為例，像得到「最佳平面廣告設計獎」的得利塗料，色彩鮮明、簡潔明暢，標題是「得利確有兩把刷子」，獲得「最佳創意獎」的柯達彩絨相紙，說明柯達相紙貴有貴的價值，標題是「少付一塊錢，老胡的臉紅了」。

「最佳標題獎」是蘭麗綿羊霜的「只要青春不要痘」；「最佳攝影獎」是繽繽服裝公司的「爆炸性的男女服飾」，充滿了動感及氣氛的把握。讀者票選的第一名黑松汽水廣告「我們追求清涼」，則是最適當的符合了該商品的品質。

廣告設計展的舉辦，對廣告業者是一種很大的鼓勵（獎額最高二十萬元），也是臺灣廣告史的重要碑紀，廣告界的反映歸納起來，大約有三：

一、漂亮的廣告不一定是有效的廣告，廣告設計獎過於注重「唯美」的標準。

二、舉辦的時間過於倉促，有些作品不及選送參加，不免有遺珠之憾。

三、第一名產生並不代表活動的結束，希望多舉辦此類活動，達到藝術與商業結合的目標。

不論如何，廣告設計獎反映了廣告進步乃是不爭的事實，也是一個可喜的現象。

可惜的是，這些設計獎均以報紙為主，與報紙同樣重要的廣告媒體——電視，雖在廣告的進步上並不亞於報紙，却一直未能得到應有的肯定，倘若能由電視公司舉辦同類比賽，對於以製作電視廣告爲重點的廣告公司，未嘗不是一劑强心針。

廣告人、廣告的世界

工商業社會就是廣告的世界，現代人幾乎一天也離不開廣告。

在廣告充斥的生活中，生活在廣告世界的人們，對製作廣告的廣告人不免有一些期望：

①在這充滿廣告的時代，廣告的潛在影響，勝過任何教育方式，我們但願廣告人負起社教責任，創造新鮮和健康的廣告。

②廣告應是商品與消費者密切而完美的啣接，它在新奇中應有道理，在推銷時應該平實，提供正確可靠的消息，建立廣告公司的信譽，負起自律的廣告責任。

自然，生活在今天的現代人，所期望的是更合理的、更美好的、更寧馨廣告，可是我們要抱著包容的態度，對於壞廣告也能坦然置之，套用一個廣告文案：「樂聖貝多芬也有無聲以對之時，廣告人亦然」，應該能給廣告人一些啓示。

大違建「中華商場」何去何從？

臺北市的一個破敗的門戶

從中南部搭火車到臺北市，經過萬華，穿進臺北市的第一眼，便是座落在南起小南門、北到北門口的三層式商店街——中華商場。

在鐵路電氣化尙未完成以前，由於火車長期的吐放黑煙，使中華商場靠近鐵道的背面被燻得灰濛濛一片，與它附近現代化的高樓大厦形成十分强烈的對比。又由於近鐵道的一邊無法營商，顯得相當髒亂。做爲臺灣最現代化都市的門戶，中華商場是顯得非常破敗了。

民國五十年四月一日竣工的中華商場，它的建築形式還保留了五十年代的特色，在臺北市日變千里的進步中，後來興建成的建築物已使中華商場黯然失色。

中華商場共分爲忠、孝、仁、愛、信、義、和、平八棟，北邊面對火車站繁榮的希爾頓大樓和站前大廈；中段被第一公司、國泰百貨、人人百貨公司挾持；南面則有眞善美大樓、遠東百貨公司、洋洋服飾專業店的威脅；這些建築都是八十年代的新型十層以上大樓，中華商場附近的建築近十年來幾乎棟棟翻新，只有商場本身還保留原有的樣貌，於是顯出可驚的老舊。

爲什麼中華商場不翻舊成新呢？這個問題不但讓店家傷腦筋，市政府也無可奈何。

早在民國四十幾年，中華商場就聚居了長達一千二百公尺的違章建築戶，在該地建造了零亂低矮的小屋，市政府爲了改善市容，解決違建戶的問題，便與違建戶商議，由市政府和鐵路局提供土地，違建戶分擔四千七百萬元建築費用興建中華商場，建成後商店與住戶均享有二十年的使用權，而無須負擔租金。

中華商場建成後，在當時是最現代化的三樓建築，加上店面繁多，商品琳瑯滿目，又座落在西門町的隔鄰，一時之間繁華超過西門町，成爲臺北市最熱鬧的黃金地帶。曾幾何時，黃金成廢鐵，再過兩年半中華商場的租期就到了。

中華商場的租期一屆，它必然要配合環境景觀而有所改變，不但使黃金地帶整個改頭換面，臺北市的門面也勢將改觀，中華商場何去何從已經是今天臺北市相當重要的課題。

細數十七年滄桑

今天我們走中華路多少還能看出它的舊時規模。

根據中華商場管理小組的統計，中華商場八棟大樓中，店面共有一千六百六十個，目前有住戶三百八十八戶及商店八百零一家，因爲生意不好，所以造成許多空戶，及少部份以數家店面打通開一家店。

從這個統計數字看，現在的商店數還不及店面的二分之一，中華商場的慘淡經營由此可見。

十七年前的中華商場是以現代化的三樓商店建築、商品琳瑯滿目來吸引人，最叫人流連忘返的還是它所流露出來的氣質，它的價格十分平民化，它又具有傳統集市喊價殺價的刺激，使臺北市的商店都相形失色。

當時形容中華商場的流行話是：「別的地方找不到的東西，中華商場都有。」對於忙碌的臺北人，這是相當實用的。

可是這樣的好景只維持了十四年。到了三年前中華路的天橋蓋起來後，形勢完全改觀。

早在中華商場剛興建完成，一、二樓店面是以抽籤方式解決，由七戶中抽一戶上樓，也有部分是自願上樓的，上樓的商店後來由於生意清淡，叫苦連天。四年前，中華商場的商家爲了二樓的商業利益，向市政府請願興建人行陸橋，市政府也正要改善中華路的交通問題，便在每棟商場之間架設一座人行陸橋。

人行陸橋完成後，一樓由於交通不便，行人頓減，原本平淡的二樓反而生意大爲興隆。

這時候，生活水準已大爲提高，中華商場的「廉價」已失去號召力，加上第一、人人、遠東、洋洋、國泰等巨型百貨公司的興建或改建，貨物之齊全，購物之方便，使中華商場黯然失色，這些大百貨公司並且以「要買什麼有什麼」，「爲消費者利益而經營」的口號，粉碎了中華商場的特色。

最重要的是，「不二價」的購物觀念已經普遍推行，臺北的消費者不再喜歡「討價還價」的口舌之爭，中南部的消費者更喜歡「不二價」的穩當——中華商場原據以吸引顧客的條件失去，自然難免淘汰的命運。

回顧中華商場十七年的滄桑歲月，固是自繁華趨於黯淡，其中數度流轉，仍然無法起死回生，如果它在環境、經營方式與商品質地的講求上不能改善，前途仍是堪慮的。

生意景觀的風水流轉

中華商場除了整個面貌迭有更變，它本身的商店也時有流轉，表現了相當奇特的不穩定性。目前八百零一家商店中，服裝店佔第一位，有一六九家；飲食業一〇七家，佔第二位；其餘依序爲：電器店九十一家，手工藝品店五十三家，皮鞋店卅六家，古董店卅四家，禮品店廿九家，皮箱店廿四家，雜貨店廿二家，理髮店廿家……。

其他還有國術、相命、五金、水電、棉被、集郵、木箱、出版、雜誌等等。

據臺北市議員陳怡榮、陳順珍向市政府質詢指出，中華商場目前的所有人有百分之八十不是原承租人。

陳怡榮、陳順珍向市政府財政局提出的質詢是：「據調查該一六六〇間位之中，現有一千間位以上是用五十萬頂讓或二、三萬元月租轉租方式改變使用人。這種契約一訂廿年，原使用人出國、死亡、遷離本市皆有，貴局將來期滿時如何依約找到他們善後？只剩兩年半，貴局尚無具體計劃如何是好？」

財政局的答覆是：「本局正研究續約與原使用人或公開標租的辦法。」

這個問題正問到中華商場的傷處，由於十七年前「臺北市中華商場間位租貸契約」中規定草率，並未規定商店不准轉讓，因此遷進遷出甚爲頻繁，管理上也就問題叢生。

十七年前轉讓的行情是八百廿五元，合値當時黃金四兩，最興盛的時期曾有一家店面轉讓金高達一百五十萬元，目前約爲四、五十萬元。

轉讓和承租的頻仍導致景觀常變，以忠、孝、仁三棟爲例，三樓原爲交易有名的古董市場，現在因爲年輕一輩向中山北路闖天下，雖然尙有交易，却顯得相當蕭條，不是熟客不會上門。一樓原爲電器業的集中地，一度還成爲全省聞名的電器市場，現在也冷冷清清。

一位電器行老闆吳家壽說的話，很能反映冷落的情況，他說：「以前生意好的時候，每天晚上打烊，要清理訂單到凌晨兩點多，才有辦法結帳；現在只要能算到十二點就不錯了。」

又，二樓原大多爲住宅，陸橋興起後飲食店大興，倒成爲西門鬧區有名的飲食街了，因爲生意競爭激烈，演變到當街拉客的場面。

生意清淡，生意人不得不動腦筋，第一當然是承租轉讓；第二則是改裝店面，像烤鴨馳名的「眞北平」，像鍋貼馳名的「點心世界」都是打通五、六間店面改裝成的；第三是對付顧客「貨比三家的心理」，乾脆連續開三家服裝店，這樣進貨時還可大殺其價；第四是「走爲上策」，反正不要租金，乾脆關門大吉。

這樣不停的流轉演變，使中華商場變得更加凌亂了。

過渡的都市面貌

從中華商場對面十三層高的第一公司頂樓俯望中華商場，最能看到商場的面貌與周圍景觀的不協調——它像一道殘舊的石牆橫亙在西門町的中央，使人車都不免尷尬。

與商場貼身而過的火車從平快、對快、光華、觀光、莒光，一直到現在的電氣化，幾乎三五年一變，而中華商場依舊是十七年前的中華商場，十七年前的火車到底是怎樣的火車呢？

我們今天看中華商場，它不是都市發展中的必然，只是都市發展中的過渡，它遲早都要被淘汰的——被環境和人淘汰。

市議員陳怡榮和陳順珍也見及這一點，他們在質詢中問到：「財政局有沒有考慮過，這八棟依現時代標準看，最落伍最髒亂的違建改建成現代化建築的可能？」

財政局回答：「沒有。」

又問：「有無配合鐵路高架之改建？」

答：「沒有。」

議員們並且提到這八棟土地屬於鐵路局，建築物屬於市政府的商場正好蓋在路地上，不就是最大的違建？財政局也承認中華商場是違建。

中華商場的興建是合法的；又是蓋在路地上的違章建築；可以說是臺北市「合法的最大的違章建築」。這種說法自然是矛盾的，但是中華商場的本身就是矛盾的組合，連市政府都說不出所以然來。

既然中華商場是違章建築，又是都市過渡時期的一種面貌，現在只剩二年半租期已到，就都市進步的前提來看，正是收回重新規劃的好時機。

依照租貸契約上的租貸期限是：「自中華民國五十年五月一日起至中華民國七十年四月卅日止，期滿後如甲方（市政府）認有繼續出租必要時乙方（商場間位）有優先承租權。」這個契約按理是市政府若不續租，商場應無條件歸還給市政府。

中華商場在市政建設中屬於「權宜性違建」，因此廿年一到，可存可廢，問題是：若存，要它存在多久？要廢，中華商場將如何處置？

特別值得關心的是，中華商場如果廢止，做更適當的處理，自然是臺北市兩百萬市民額手稱慶的事，因爲它將使臺北市邁向一個新的境界。萬一要它繼續存在，過去管理的鬆懈，和外表整潔的維持都做得極差，被嘲笑爲「臺北市之瘤」，今後市政府續約後，將如何做更有效的管理呢？

最大的違建將何處去？

陳怡榮、陳順珍兩議員在市政府質詢時提出的第一個問題是：「中華商場廿年租約將於兩年半後屆滿，貴局有何具體計劃？」

財政局代局長鄭可鋆說：「中華商場的租貸期限尚有二年餘，市府對於該商場的處置政策將與鐵路是否高架、地下，或維持原地均有密切關係。但是目前的既定原則是，無論如何處置，對於商場的『權利人』的權益，均採取維護和尊重的態度。」

鄭代局長並說明所謂「權利人」，是指市府在處置當時的權利人，即最後權利人，例如，某一間位原爲甲所有，但經轉讓給乙，乙又頂讓給丙，其後再無轉讓之事，則最後權利人爲丙，市府會尊重丙的權益。

鄭可鋆說：「如果因鐵路高架而非拆不可，政府也會另有安置的措施。」但是他相信，該處在短期內維持現狀的可能性極高，絕不輕言拆遷，因爲「玆事體大」。

市政府的這種處置自然是考慮周詳，相當合理的。

但是，影響中華商場存廢的不只是鐵路高架的問題，中華路久受擁擠之苦，全面拓寬也很重要。

又依據目前規定，鐵道兩側十五公尺內不得有建築物，中華商場距鐵道不過三公尺，不但商戶身心健康受影響，安全也堪考慮，加以又有礙景觀，從這個角度看，中華商場最好是一片綠地，將會使臺北市的黃金地段面目一新。

黃金地段要有黃金手段

今後中華商場有三條路可走，一是「維持現狀」，二是「拆遷改建」，三是「拆遷不改建，留成綠地」。

然而我們要辨明的是，除了保留古蹟以外，一個現代化都市在處理應興應革的事件時，「維持現狀」永遠是最壞的辦法。因為「維持現狀」就是拒絕突破都市瓶頸的機會；「維持現狀」將會成為現代化都市的累贅，如果一「維持」就是廿年，臺北市將受到怎麼樣的拖累呢？

我們相信，臺北市民寧可有一個清潔寬敞的環境，多年以後來憑弔這一棟曾經輝煌過的商場；而不願多年後仍看到一座髒亂破舊、阻礙交通，與都市景觀格格不入的商場。

愈是在黃金地段，愈要有黃金手段、黃金魄力——就是堅毅的、寧為玉碎不為瓦全的手段和魄力。

樂器外銷市場的百尺竿頭

從一個展覽會說起

隨著社會經濟的發達，音樂風氣亦逐漸發達，許多專家認爲精良的樂器是提高、鼓勵這音樂氣氛的必要條件。

十一月九日到十一月十三日在外貿協會九樓，舉行的樂器展覽會，規模爲歷年來最大的一次同時也給予關心臺灣音響前途的人士許多信心。

走進展覽會場，馬上被會場的金碧輝煌所吸引，平常我們看樂器，常只看到它個體的美，或精巧、或奇特、或圓滿，各有千秋，一旦把許多樂器聚合起來，那種壯美而有情趣的感覺，是在一般樂器上不能觀見的。尤其會場金黃色調的燈，使樂器交輝出格外絢麗的光澤。

展覽會會場與一般展覽會不同，它被設計得相當活潑生動，一千餘件樂器採取「開放式」展覽，任何參觀的人都可以彈敲吹奏，可以自得其樂的掀蓋調絃，不但沒有人干涉，還有服務人員在旁解說，說明樂器的特質和正確的使用法。

小孩子在會場裡顯得最活潑快樂了，一下子坐在鋼琴上彈剛學會不久的曲子；一下子又跑來吹小喇叭，吹得小臉蛋漲得又圓又紅；一下子拿着磬錘要敲磬，因爲不够高，還用力跳起來敲，又叫又笑；最後又坐到椅子上，煞有介事的亂撥琵琶的絃。

帶孩子逛展覽會的媽媽，因此忙得團團轉。

會場的另一邊是臨時的音樂教室，主辦單位聘請專家在那邊演奏電子琴和鋼琴，並且講解學琴的關鍵所在，聆聽的觀衆很踴躍的發問，彈奏的人則耐心的解答。

這個樂器展不同於一般畫展，却是一幅活生生的畫面，有人聲有笑語；不同於一般音樂會，它是每個人的音樂會，大家都可以一試身手；更不同於一般的器物展覽，它不是呆板的，而是流動有力量的。

樂器到底與一般工藝不同，說它是技術製造的，它又是音樂藝術的根源；說它是音樂，它又是從人的雙手中製造。

我們看樂器展所感覺與一般工業展覽最大的不同，是它精美和輝煌的特質，讓任何人第一眼就想去觸摸它，去一窺堂奧。

從「第五屆樂器展覽會」的精心佈置，我們很能體會到主辦單位的苦心，而這個展覽自籌劃到展出歷時半年之久，能有如此好的面目絕不是倖致。

樂器的需求日形迫切

中華民國樂器展覽會到今天已經是第五屆了，由於過去四屆都在省立護專展出，地點和環境都不够理想，參展的廠商也不多，所以成果不佳，音樂器材輸出業同業公會爲謀改善，今年選在外貿協會，並經過一番設計，使本屆樂器展覽的盛況及規模都遠非昔日可比。

展覽會的主任委員，樂器公會的理事長朱炎東表示，擧辦這次樂器展覽會是爲了提高國內音樂水準，以充實國人的精神生活，並拓展國產樂器的外銷市場，及介紹各種進口樂器給國人認識。

過去的樂器展覽會都是兩年擧辦一次，自今年起，改爲一年擧辦一次，因爲樂器公會覺得現代人對樂器的需要日形迫切，才做此修改。

朱炎東說：「我國自古教育卽以六藝——禮、樂、射、御、書、數爲主，可以知道『樂』是自古以來極爲重視的基本教育之一部分，進一步說，音樂是人類精神生活所不可缺少的，它能陶冶心性，穩定情緒，消除疲勞，增進健康，振奮士氣，更可以表現個人的情感與國家民族的文化水準。

「隨著工業的發達、科學的進步，人類的生活及工作也愈隨之工業化、機械化、科學化，顯然科學文明造成人類物質生活上極大的改變及享受，但是相對的，人們精神生活的空虛、枯燥、茫然也隨之加遽，對追求生活上的協調、和諧幸福也日形迫切。「因此，音樂在人們生活上的地位及需要也相對提高，樂器是表現音樂的工具，因此對樂器的需求也日形迫切。」

基於這種種「迫切」，把樂器帶入家庭固然是樂器製造商一直努力的目標，大規模的樂器展售也變成一種必要的措施。

藉著樂器展覽我們更可以看出國內現階段樂器製造的種類，及在生產技術和品質精良的改進，一方面回顧我國樂器製造進步的情形，一方面也能展望樂器未來的外銷前途。

本屆樂器展覽的種類相當豐富，它包括：

①鍵盤樂器——鋼琴、風琴、電子琴等。

②弦樂器——吉他、大提琴，小提琴等。

③打擊樂器——鐘、鼓、鑼、鈸等。

④管樂器——大小喇叭、薩克斯風、巴里東、法國號、木笛、黑笛等。

⑤簧樂器——口琴、口風琴等。

⑥民族樂器——古箏、琵琶、胡琴、月琴、揚琴、瑟、三絃、中山琴、簫、笛、磬、木魚等等。

這些樂器大多在我國製造，一部分與國外技術合作，少部分從外國進口，由樂器的種類和數量，我們很能看出國內製造樂器的多樣性。

朱理事長說明，國內製造的樂器百分之八十外銷世界各地，只有百分之廿內銷，從這個比數我們可以審視到國內樂器發展的歷史。

樂器打進外銷市場

國內製造樂器的歷史非常長久，但是所生產的大多爲民族樂器，停留在自給自足的階段，西洋樂器只能生產品質較差的口琴、吉他、風琴，因此所需要的西洋樂器一直仰賴國外進口。

到民國五十一年才有少量的吉他外銷，數量很少，不成氣候，慘淡經營了六年，到民國五十七年外銷額總數猶停留在新臺幣三百六十二萬元，增加極微，進口數額則高達臺幣三千萬元。

此種慘淡的情況一直到民國六十一年日元升值才有改變，由於日元大幅升值，歐美轉而向我國和韓國定製樂器，才造成我國樂器製造業的大興，因此民國六十一年是我國樂器工業的轉捩點。

這一年，樂器輸出總額一躍而爲臺幣兩億兩千萬元，成爲極有前途的對外貿易項目，這一年樂器業有三個重大突破，一是我國樂器製造由入超轉爲出超，二是樂器的進口由成品進口轉爲原料和零件的進口，三是輸出的品目從單純的吉他而複雜化，包括了管樂器和簧樂器。

民國六十二年樂器的好景繼續維持，外銷總額仍在兩億元以上，民國六十三年遇到世界性的通貨膨脹，對我國影響較小，仍有三億四千萬元的樂器外銷實績，民國六十四年仍然維持。近三年，經濟更快速成長，國民所得增加，樂器製造的環境已經形成，更造成前所未有的繁榮，民國六十五年的外銷數額爲臺幣三億八千九百萬元，去年更以倍數增加，高達七億五千六百萬元。

從近七年的短短時間內，我國樂器業外銷的興盛，可以展望到將來的發展，不但向世界樂器市場進軍，還和號稱「世界樂器輸出王國」的日本競爭，這是樂器業者早期所無法料想到的。

我國樂器製造現況

我國目前的樂器製造商共有二百餘家，但是稍具規模的僅有五十餘家，還有少數的地下製造工廠。

以投資額計算，我國樂器業總投資額約爲臺幣一億餘元，其中包括一千萬元以上四家，五百萬元到一千萬元的六家，一百萬元至五百萬元廿七家，其餘均爲一百萬元以下。

目前的輸出仍以吉他爲大宗，佔總數的百分之七十，銅管樂器爲副；輸入則以鋼琴和電子琴的零件爲主，佔輸入額的百分之八十。

由於吉他的外銷需求，以及鋼琴的對內需要，使吉他和鋼琴的製造一直是國內最主要的樂器製造，吉他每月約生產五萬餘支，鋼琴生產大約一千臺。

鋼琴的製造，由於原料、零件仰賴日本進口，成本過高，在外銷市場上無法競爭，所製除少部分銷東南亞，餘皆爲國人自用。

吉他的外銷則遍及世界卅五國，集中於美國、日本和歐洲，是我國樂器最大的外銷資源。其他的樂器製造依序爲每月生產銅管樂器二千五百支以上，木管樂器二千支以上，口琴一千打以上，風琴五十臺左右等。

我國西樂器製造最大的工廠爲功學社，國樂器最大的工廠爲先進工藝社。

目前在開拓樂器市場上的現況爲：

①美國——是世界最大樂器消費國，每年消費高達美金十億元，其中又以吉他消費最大，過去主要進口爲日本壟斷，現在則有一部分輸自我國和韓國，以現在的成長率看，我國佔著比日本更有利的地位。

②日本——是世界樂器輸出王國，保有世界第一位的輸出量數十年，主要輸出爲中高級吉他、鋼琴、電子琴、打敲樂器、管樂器和零件、原料，近年由於日元升值，人工昂貴，漸有消落之勢，在成品方面，我國吉他也打入日本市場。

③東南亞——泰國、菲律賓對吉他的需求量大，我國吉他價格低廉，但品質比不上日本，市場正在開拓之中。馬來西亞、新加坡鋼琴需要量大，可惜我國鋼琴成本太高，無法與外國鋼琴競

銷。

④中南美洲——該地多爲西班牙人、葡萄牙人後裔，極喜好吉他，百分之九十由日本進口，美國、西班牙次之，是我國樂器外銷的處女地，極待擴展。

⑤歐洲——樂器品質要求極高，我國目前的技術還無法大量開拓此一市場。

自外銷市場的分析中，我們了解到，我國樂器品質尚有待改進，最大的缺點是一般製造工廠規模太小，生產不够現代化，成品當然也無法合乎要求，關於這一點，我們走訪國內西樂器和國樂器的兩大製造商，或者能以爲國內樂器製造將來的楷模。

「功學社」產品遍及三十五國

功學社製造西樂器在臺灣極負盛名，在國際市場也建立了地位。

功學社董事長謝敬禮表示，「功學社」創立於民國四十二年，投資額兩千萬元，是國內最早大規模的樂器製造業，廿五年來經過不斷的擴充與努力，現在共佔地九千餘坪，擁有員工三百餘人，一直領先樂器業，成爲國內最大的樂器製造廠和代理商。

謝敬禮說：「功學社以『雙燕牌』的廠牌，廿多年來不但在國內信用卓著，國際信譽也已建立。」

「功學社」所製造的樂器包括銅管樂器、木管樂器、風琴、口琴、吉他、電子琴等，每年的外銷數額都佔我國樂器外銷的百分之八十左右，行銷遍及卅五個國家，凡有我國樂器外銷的地方便有「功學社」的產品。

當然，「功學社」有今天的成績絕非倖致，它所製造的產品已達國際水準，銅管樂器方面甚至要超越日本。

據謝董事長表示，雙燕牌樂器要出廠前，從原料倉庫開始，到母模製造，到零件生產，到裝配作業，到品質管制，甚至到包裝都採用精密的一貫作業，使樂器的水準精良而整齊，普受世界各國的喜愛。

「最重要的，『功學社』內設有研究室和檢修服務處，它不止有製造樂器的功能，還創造一些國外樂器所無的特色；產品賣出後，做到完美的售後服務，做長期性的開發，而不是短時間的售賣。」

功學社所採用的現代企業化管理，使它可望進入世界重要樂器製造廠之林，它的經營方式正是國內樂器業一般所缺乏的。

製造民族樂器的「先進工藝社」

國內樂器製造，有一個相當遺憾的現象，就是民族樂器的製造遠不及西洋樂器來得蓬勃，而製造民族樂器的工廠大多是家庭式工廠，無法生產大量的優良民族樂器。

現今除了「先進」和「純音」兩家規模較大外，其餘都尚不能合乎現代化要求，其中尤其以「先進工藝社」專門製造，規模最大，歷史也最悠久。

國內第五屆樂器展覽，最醒目的不是一般大型的西洋樂器，而是先進工藝社擺在角落的六十多種造型、色彩、擺設都富有情趣的民族樂器。

據先進工藝社董事長陳先進表示，他自民國卅八年開始專事民族樂器的製造，到今年已有卅年歷史。這是源發於他小學畢業後，便到日本學習樂器製造，回國後苦心經營，希望能走出一條民族樂器的道路。

當年他的投資額爲廿萬元，是從家庭式工業壯大起來的，這雖不是一筆大的數目，但以當時的物價衡量，加上民族樂器無法大量生產的特性，已經是一筆很可觀的數額。

陳先進說：「可惜民族樂器的銷路有限，它的銷路分爲四種，一是學校國樂團體，二是地方劇團，三是國劇團，四是一般個人消遣，最近才有少量的外銷。由於國劇團、地方劇團一直在沒落當中，民族樂器的銷路因此無法廣爲打開。」

而且以價格比較，民族樂器比西洋樂器昂貴，是一般初學者較少選擇的樂器。這是因爲民族樂器製造主要的靠經驗，必須行家才能造出好樂器，根本無法大量生產。

但是陳先進仍對民族樂器懷抱很大的信心，據他表示，最近因爲東方文化普遍受到西方世界的重視，樂器也成爲國外人士所喜愛的藝術欣賞品，許多觀光客也都喜歡購帶，因此使民族樂器生機不斷。

現在積極拓展外銷，已使內外銷數量趨近相等，外銷樂器以胡琴、月琴、三弦琴最多，外銷國家則以美國、日本、東南亞諸國爲主。

雖然民族樂器的外銷前途開始呈現曙光，但是以此環顧國內對民族樂器使用的減少，是不是也有音樂文化的隱憂呢？

擴展更廣大的樂器市場

第五屆樂器展覽會中的樂器，比較部分的國外進口產品和國內產品，我們可以發現不論在原料、技術和品質各方面都已無分軒輊，是一次我國樂器水準的印證。

一直到現在，音樂器材的製造，手工仍然多於機械，尤以精美的高級樂器爲然，因此十幾年來，國際上的樂器行銷一直是亞洲國家的天下，也是中、日、韓爭取外滙的主要產品，七年前我國一躍而爲日本樂器的競銷對手，但是在市場營銷方面仍不及日本，今後要從何處着手呢？

我訪問到樂器公會的總幹事李榮津，請他談外銷展望方面的看法。

李總幹事認爲最主要的是要加强公會的力量，他說：「目前國內製造樂器業共有二百餘家，但是參加公會組織的僅六十六家，還不及總數的一半，公會的力量因此十分薄弱。如果大家都來參加公會，公會便可實施『核價簽章出口』，有團結業者、維護信譽、防止惡性競爭、提高品質技術交流等等利便。」

此外，李榮津認爲樂器業者有三條路是必須走的：

①改變外銷品結構——目前我國的吉他外銷，以低級品爲主，利潤不高，市場難以維持，何況高級品與低級品花費的人工、時間相差無幾，今後應改高級品外銷。

舉例來說，我國現輸出的吉他以價格每支五美元爲大宗，每支利潤僅一元，日本的吉他以每支四十美元，利潤有廿美元，相差甚距。

②擺脫日本控制——目前我國的原料與零件仍有許多依賴日本進口，在成本上不能控制。以鋼琴的響板爲例，原料必需採用阿拉斯加冷杉，日本以雄厚的購買力買下了阿拉斯加冷杉的採伐權，並藉以高價售出，控制市場，使我國鋼琴成本一直過高，無法在國際市場上競爭。

並且日本以技術合作爲名，由我國廠商製造，却掛上日本的廠牌外銷，我國信譽無以建立。因此，如何自創廠牌，自製原料零件以擺脫日本廠商控制，也是樂器業的當務之急。

③籌組大型產銷聯合公司——我國設備大，管理好的樂器廠不多，宜將小公司集中產銷，不但降低原料成本，增加競爭力量，還可以在國外設銷售站，於外銷的擴展必大有貢獻。

李榮津說：「現在世界幾乎每個月都有國家開樂器展覽會，我國樂器向來都參展，像今年二月的德國法蘭克佛樂器展覽會，六月的芝加哥樂器展覽會，與外國樂器相較毫不遜色，如今是百尺竿頭，更進一步了。」

看完第五屆全國樂器展覽會，我們對短短幾年來國內樂器業的發展感到欣慰，但是發展樂器，但願它不於僅止工業的目的，希望也能反瞻國內，開創更優美的音響世界才好。

釣名那及釣魚好？

——第一屆中日釣魚錦標賽

踏著曦光前進

太陽還躲在山中，一羣早起的人已經在臺北市西門國小集合了，遠看是一團團的黑影，走近了，才看淸有許多位背著長方型的竹簍子，和折疊在帆布袋中的釣竿，他們是早起的釣魚人，爲了參加「第一屆中日釣魚錦標賽」。

一些管理事務的人在大打呵欠，想是不習慣晨起；參加比賽的釣者却是個個精神飽滿，眼睛烱烱有神，問起來，說是早起是他們的本事，平常海釣還要起得更早。

起初大家還是客氣地打著招呼，到上車後，才親切地交談起來，幾位選手來自各地，互相並未見過面，由於對釣魚都有狂熱的興趣，巴士剛轉出臺北市，熱烈的交談已經使人聲蓋過車聲。

對於卽將交手的日本隊，大家紛紛推測他們的實力，使亢奮的氣氛在汽車上漫溢開來，留著絡腮鬍子的張肇說：「實力好像很差不多哩！」大家同意的點點頭。

張肇是很可愛的釣魚人，當大家把裝釣具的方簍子都放在汽車底板上，他却將竹簍緊緊地抱在膝上，謹愼小心地抱着，很安心聽別人談話，聽到興會處，會露出上排牙齒缺了三顆牙的嘴笑起來，深沈靜默，偶而才迸出一句話。

坐在他前面的楊保雄正好和他形成强烈的對比，楊保雄長得又小又胖，使他坐下來幾乎把肚子挺到前排的座椅，說起話，聲音宏亮，威風八面。他是來自新竹的選手，有人問到新竹的魚好不好釣，他說：

「風大啦！歹釣。」接着便是縱聲大笑。

車子裡大家談開以後，便鬧哄哄了，奔馳在車上，已經可以看出馬路上一層將散未散的薄霧。

很快的，車子已抵達在新店郊區的「中視釣魚池」，因爲釣魚池設在山谷中，大家要步行翻過一個斜坡，到這時，選手背着竹簍、釣竿，忽然沈默起來；也正在這個時候，遠山上的天空絢燦出橘紅色的曙光。

我們步行在魚池小道，太陽正好躍出山頂，千萬道光斜斜地鋪在路上，我們便一路踩著曦光前進，抵達了佔地將近兩百坪的魚池。

釣起第一尾魚

日本隊和我們一樣到得很早。

兩隊抽過籤，便分成兩個方法坐在魚池畔，成L形。中、日各五名選手，分成ABCDE五組釣位，間雜著坐在一起。

選手就位後，便慢條斯理的從簍子裡拿出釣具，把釣竿一節一節按上，所有的動作都是安靜而有秩序的，看起來又是一氣呵成，上了釣餌，十枝釣竿陸陸續續甩進平靜的池中，釣魚人和釣竿和池塘，一刹時，全定靜了。

這時候，我訪問了站在一旁觀看的裁判長林添財，和他談比賽的規則。

林添財告訴我，這次比賽仍按照中國一般比賽的規則辦理，譬如釣竿長限二點七到四點五公尺，鉛垂到釣鉤的線長不得超過四十五公分，釣鉤限用兩支，限定用粉餌，釣位不得移動，離岸三公尺內不得垂釣等等。

他說：「這一次最大的特色，是比賽計尾數，以尾數多少定輸贏，而且魚類限定鯽魚，其他魚類一概不計數。」

問到爲什麼要規定釣鯽魚，林裁判長表示，鯽魚是池塘中最難釣的魚類，因爲鯽魚很謹愼，吃餌非常細緻，最能考驗出釣者的實力，也最有挑戰性。

林添財已經有四十餘年釣魚歷史，做裁判也有近十年的歷史了，請他分析中日兩隊的實力，他說：「中華隊用傳統的土法釣魚，日本隊講究理論，賽前很難定出高下。」

正在我們談的時候，坐在右邊的中華隊選手陳斌相的釣竿已經有魚上鈎，所有的視線都向他集中，他緩緩的上揚釣竿，使魚正好浮在水面，他經經拉引到身邊，一直到釣竿彎成最美的弧形，才用網子輕輕撈起魚。

岸邊傳來一些輕輕的喝彩聲，使氣氛爲之輕鬆不少。

來自臺北縣五股鄉下的陳斌相，在十五分鐘內連釣三條，這時所有的釣者成績還是空白，使大家都看好陳斌相——但是，釣魚比賽時間長達六小時，不是一時一刻可以斷定的。

日本代表隊實力也强

緊接著陳斌相後面，日本選手横田淺一也不甘示弱地釣了一尾，接著中華隊的張肇和楊保雄也一一釣上，比賽開始半小時才眞正進入了情況。

在雙方靜靜比試的時候，我跑到看臺上訪問了日本代表副隊長藤井繁克，和他談日本隊的實力，藤井在日本開了一家很有代表性的「蒲活釣具工廠」，也是釣魚專家。

他很自信日隊的實力，表示來參加比賽的五位選手都是選自日本最優秀的選手，每位選手都能獨當一面，具有相當豐富的實戰經驗。

其中尤其是卅八歲的橫田淺一，已經連續保持了四年報知地區釣魚比賽的冠軍，最擅長釣鯽魚，被日本釣魚界譽爲關西第一好手。

另外一名瀨川忠旲，是日本鯽魚釣魚研究會的會員，對鯽魚的理論與實際都有很深刻的研究，在東京都是常勝的釣魚專家，被日本釣魚界譽爲「東京都實力第一」。

其他的梅次茂、藤居和一、伊奈僊三位選手全是釣鯽魚專家，也是日本第一流的釣者。

問到中華隊的實力，藤井表示，他沒有想到中華隊選手這麼年輕，以中華隊平均年齡卅四歲，日本隊四十九歲，確有點距離，藤井說了一段很客觀的分析：「年輕的釣者也許眼力和反應會快一點，但是在技術和經驗很可能就比不上老釣者了。」

熱情的觀衆

上午八點，比賽已經進行了二個小時，池塘邊已經聚集著滿滿的觀衆，有的坐在山坡上，有的站在葦草間，也有的坐在竹林裡，觀衆們雖多，却是非常安靜，仔細注視魚池，看著十位中日釣魚好手如何甩竿和擧竿，注意他們在微風裡輕輕飄動的浮標。

這些觀衆全是來自各地的釣魚愛好者，因此他們與選手有同樣好的耐性來看比賽——看這個沈默，沒有衝突和高潮的比賽。

我找到三位觀衆做了一次抽樣訪問，確實被來自各地的釣魚迷感動了。

來自高雄市的陳榮蒿大概是最遠道的觀衆了，他在全國選拔賽時，曾從高雄市數百位釣者中脫穎而出，可惜在最後決選時被淘汰，致使他無法參加這次中日錦標賽，他遠道趕來，就是爲了看看高手的表演。

陳榮蒿今年卅七歲，是很傑出的釣魚者，他的右手在十八歲時被機器軋斷四指，只剩一隻小指，他仍繼續釣魚，培養了單指上餌的好功夫，他擧出右手給我看，小指顯得比一般人粗大，從陳榮蒿右手的單指，我們便能想像釣魚的魔力了。

住在臺北市的蔡光榮也是很突出的觀衆，他曾兩度前往日本、菲律賓參加海釣比賽，並曾獲得六十六年度亞洲海釣比賽的亞軍，他站在旁邊品評選手們手上的功夫。

他說：「我擅長的是海釣和磯釣，方法雖然和在池塘釣魚完全不同，但是釣魚人的心性應該是相同的——平靜，而敏銳。」

一位美容店老闆鍾廣春，是從臺北市吉林路趕來的，他從來沒有參加過釣魚比賽，却看過不少比賽，也着迷釣魚。

他說：「我很佩服這些選手，從他們抽竿、甩竿的姿勢看來，便知道是一流高手，我相信會有很好的成績。」

站在各處的觀衆都興趣盎然看著選手們表演，從他們一動不動的站姿中，我覺得，釣魚這種娛樂，在無形之中自有一股大力，否則怎麼能令觀衆在烈日下站六小時觀賞呢？

「我相信技術，也相信運氣」

在冗長沉默的六小時中，已經能逐漸看出釣者的成績了，以張肇和楊保雄兩人成績最爲突出，魚兒頻頻上鈎，曾經一度領先的陳斌相和横田淺一反而落後了不少。

比賽到了尾聲，在僅剩一分鐘時，陳斌相釣到一條魚，沒想到在半途時被兎脫了，引起人群一陣不小的騷動，給沉默了六小時的釣魚比賽掀起了最後的高潮。

哨聲長鳴，大會計時已到，選手們又用一種很安靜、很有秩序的姿勢收竿，然後大會派人來點算魚數，名次和尾數依序是：

①張　肇——四十六尾。中華。
②楊保雄——四十四尾。中華。
③梅次茂——廿五尾。日本。
④陳斌相——廿四尾。中華。
④横田淺一——廿四尾。日本。
⑥瀨州忠吳——十二尾。日本。
⑦黃金源——十一尾。中華。
⑧何俊弘——十尾。中華。

⑧伊奈僖——十尾。日本。

⑩藤居和一——六尾。日本。

總數：中華隊爲一百卅五尾。

日本隊爲七十七尾。

「第一屆中日釣魚錦標賽」經過六個小時長時間進行，中華隊終於獲得壓倒性的勝利，使在場每一個人都發出內心的微笑。

大會宣佈成績後，很多觀衆便團團圍住這一次的冠軍張肇，有的要求他合照，有的則請他把釣到的魚提起來看，竟裝了半個網。

我訪問了張肇。他因爲長時期釣魚的風吹日曬又蓄鬍子，看起來比他卅五歲的年紀大很多，在他卅五年的歲月中，幾近職業性的釣魚竟佔了廿二年。

他說：「我一個月卅天都釣魚，偶而才休息一天。」

張肇的父親也喜歡釣魚，很小就帶他到四處去釣魚，到了十三歲的時候，張肇已經能獨當一面的釣魚了。

他每天背著簡單的釣具到各地魚池釣魚，按一般魚池規定每三小時釣資一百九十元，張肇常能在三小時內釣到五十公斤的魚，賣給魚池還可以賺四百元到六百元不等，算是不壞的收入了。

他表示，今天還沒有發揮他平常的水準。

有許多人認爲釣魚靠運氣，張肇寧可相信自己的技術，「但是，我也相信運氣，要是坐的釣位沒有魚，再好的技術也沒有用。」

能得到這次冠軍，他謙遜的說：「料不到！眞是料不到！」

希望能再較量

日本隊方面，成績最好的是五十三歲的梅次茂，梅次茂在日本是關東釣鯽魚的第一好手，沒想到幾乎與中華隊冠軍差了一倍。

梅次茂與張肇分在同一組，兩人隔鄰而坐，他說：「我很佩服張肇先生，他這樣的技術已經是世界一流的技術了。」

他檢討起日本隊的缺失，認爲日本隊過份輕敵，他們完全沒有想到中華隊有這麼高超的實力；而且時間太匆促，他們無法了解我國鯽魚的性質，故成績與他們在日本時相差極大。

「關西第一好手」的橫田淺一與第二名的楊保雄一組也是慘敗，他認爲失敗的原因是在魚餌，他們不明白臺灣的鯽魚喜歡咬什麼樣的餌。

他們同時都希望能再和中華隊較量，也希望中華隊能到日本比賽。

中華隊的張肇與楊保雄則表示，日本隊的失敗當然與環境因素及池魚因素有關，但是在技術上有幾點比不上我隊。譬如日隊年紀大，眼力和判斷較遲鈍，經常在魚未上鈎便收竿；其次，日本選手舉竿太猛，常使魚兒脫鈎。

至於日本選手的質疑，像不熟悉鯽魚的性質，張肇說：「我們的鯽魚吃餌很輕微，日本選手看不清楚，他們用的鈎線太粗，浮標太大，看不到鯽魚吃餌的情形。」

對於魚餌的問題，兩人都表示沒有問題，張肇用的餌是蕃薯加麵粉加香料；楊保雄則是蕃薯加米糠，都是很平凡的餌。

中華隊對日本隊釣魚的專注與素養，均非常讚佩，但願能各自秣馬厲兵，明年辦「中日釣魚錦標賽」時，還能對陣。

日本隊的隊長池田隆政說：「釣鯽魚的技術，我覺得兩隊實力相當，但是中華隊對於天氣、太陽、微風、水溫、魚性各方面佔了一點天時和地利之便。」

促進友誼，切磋技術

中日釣魚錦標賽已經落幕了，在親切和諧的氣氛下圓滿結束，這次釣魚賽的意義是什麼呢？我訪問到大會會長黃馨葆，他也是中華民國釣魚協會理事長，對於比賽進行的順利，深感滿意。

他表示，中日釣魚賽的舉行，至少有幾個意義：

①發展觀光事業：日本的釣魚人口大約有一千七百多萬，他們在世界各地找好的釣魚場，臺灣是釣魚的好地方，多吸引日本的愛釣者來臺灣釣魚，說不定能使以女人來吸引觀光客的現狀有

些改變及好的發展。

②促進中日友誼：釣魚比賽的舉行，不是爲了分勝負，而是希望能藉中日好手的集結，互相切磋技術，增進民間的友誼。

③提倡正當娛樂：國內的釣魚風氣一向很盛，可是大規模的釣魚比賽並不常舉行，中日這種盛大的比賽，一定能引導國內的釣魚風氣。

此次比賽，籌劃很早，自九月五日前就辦理完畢縣市（區）初選，計選出全省十四縣市每縣市兩名，及臺北市四區每區兩名，共計三十八名。

到了九月十日在臺北縣土城鄉的鴻賓釣魚池，舉行全國代表選手選拔賽，經過六小時四次變化的公平競賽，才產生了五名正取選手和兩名候補選手，對於全國的愛釣者掀起了一陣高潮，大家都認爲參加國際性比賽是一種莫大的榮譽，是一種很好的娛樂的提倡。

釣名那及釣魚好？

釣魚比賽結束了，一群人紛紛收拾停當，往回程的路上前進，太陽已經昇到正中央了，隱在幽谷中的「中視釣魚池」，在和風中更顯得平靜而安祥。

我與張肇、楊保雄一起步行，他們背着大大的竹簍，顯得精神奕奕，尤其是張肇一逕顯得深沈專注，讓人感覺到一股安定的力量。

問到獲得這次勝利有什麼感想，張肇說：「最重要的是釣魚，不是名次。」

楊保雄說：「釣魚是我的興趣，卽使輸了，我還會繼續釣下去。」

與兩位完全不同典型的釣魚人，我感覺，「釣魚」是一種有張力的哲學，它可以適合於任何人。

釣魚人的堅毅沈定，不計成敗，內歛的興奮與喜悅，確實勝過現世許多好名釣名的人，走出山谷，四望青山綠水間的釣魚池，又彷彿見到一條釣線靜靜地垂向江面，突然想起一個被許多人遺忘的故事：

唐朝開元年間，李白去進謁宰相，封一版，上題爲「海上釣鼇客李白」。

宰相問他：「先生臨滄海，釣巨鼇，以何爲鉤線？」

李白說：「以風波逸其情，乾坤縱其志，虹霓爲絲，明月爲鉤。」

宰相又問：「何物爲餌？」

李白說：「以天下無義氣丈夫爲餌。」

宰相悚然而驚。

這是一個使人驚醒到釣魚者胸懷魄大的故事，對於「不釣鱸魚只釣名」的人，也是一記當頭棒喝！

滄海叢刊已刊行書目（四）

書名	作者	類別
淸眞詞研究	王支洪	中國文學
宋儒風範	董金裕	中國文學
紅樓夢的文學價值	羅盤	中國文學
中國文學鑑賞擧隅	黃慶萱 許家鸞	中國文學
浮士德研究	李辰冬譯	西洋文學
蘇忍尼辛選集	劉安雲譯	西洋文學
文學欣賞的靈魂	劉述先	西洋文學
音樂人生	黃友棣	音樂
音樂與我	趙琴	音樂
爐邊閒話	李抱忱	音樂
琴臺碎語	黃友棣	音樂
音樂隨筆	趙琴	音樂
樂林蓽露	黃友棣	音樂
樂谷鳴泉	黃友棣	音樂
水彩技巧與創作	劉其偉	美術
繪畫隨筆	陳景容	美術
都市計劃概論	王紀鯤	建築
建築設計方法	陳政雄	建築
建築基本畫	陳榮美 楊麗黛	建築
中國的建築藝術	張紹載	建築
現代工藝概論	張長傑	雕刻
藤竹工	張長傑	雕刻
戲劇藝術之發展及其原理	趙如琳	戲劇
戲劇編寫法	方寸	戲劇

滄海叢刊已刊行書目（三）

書名	作者	類別
寫作是藝術	張秀亞	文學
孟武自選文集	薩孟武	文學
歷史圈外	朱桂	文學
小說創作論	羅盤	文學
往日的旋律	朱幼柏	文學
現實的探索	陳銘磻編	文學
金排附	鍾延豪	文學
放鷹	吳錦發	文學
黃巢殺人八百萬	宋澤萊	文學
燈下燈	蕭蕭	文學
陽關千唱	陳煌	文學
種籽	向陽	文學
泥土的香味	彭瑞金	文學
無緣廟	陳艷秋	文學
鄉事	林清玄	文學
韓非子析論	謝雲飛	中國文學
陶淵明評論	李辰冬	中國文學
文學新論	李辰冬	中國文學
離騷九歌九章淺釋	繆天華	中國文學
累廬聲氣集	姜超嶽	中國文學
苕華詞與人間詞話述評	王宗樂	中國文學
杜甫作品繫年	李辰冬	中國文學
元曲六大家	應裕康 王忠林	中國文學
林下生涯	姜超嶽	中國文學
詩經研讀指導	裴普賢	中國文學
莊子及其文學	黃錦鋐	中國文學

滄海叢刊已刊行書目（二）

書名	作者	類別
世界局勢與中國文化	錢穆	社會
國家論	薩孟武譯	社會
紅樓夢與中國舊家庭	薩孟武	社會
財經文存	王作榮	經濟
財經時論	楊道淮	經濟
中國歷代政治得失	錢穆	政治
憲法論集	林紀東	法律
黃帝	錢穆	歷史
歷史與人物	吳相湘	歷史
歷史與文化論叢	錢穆	歷史
中國歷史精神	錢穆	史學
中國文字學	潘重規	語言
中國聲韻學	潘重規 陳紹棠	語言
文學與音律	謝雲飛	語言
還鄉夢的幻滅	賴景瑚	文學
葫蘆・再見	鄭明娳	文學
大地之歌	大地詩社	文學
青春	葉蟬貞	文學
比較文學的墾拓在臺灣	古添洪 陳慧樺	文學
從比較神話到文學	古添洪 陳慧樺	文學
牧場的情思	張媛媛	文學
萍踪憶語	賴景瑚	文學
讀書與生活	琦君	文學
中西文學關係研究	王潤華	文學
文開隨筆	糜文開	文學
知識之劍	陳鼎環	文學
野草詞	韋瀚章	文學
現代散文欣賞	鄭明娳	文學
藍天白雲集	梁容若	文學

滄海叢刊已刊行書目(一)

書名	作者	類別
中國學術思想史論叢(一)(二)(三)(四)(五)(六)(七)(八)	錢穆	國學
兩漢經學今古文平議	錢穆	國學
中西兩百位哲學家	鄔昆如、黎建球	哲學
比較哲學與文化	吳森	哲學
比較哲學與文化(二)	吳森	哲學
文化哲學講錄(一)	鄔昆如	哲學
哲學淺論	張康譯	哲學
哲學十大問題	鄔昆如	哲學
孔學漫談	余家菊	中國哲學
中庸誠的哲學	吳怡	中國哲學
哲學演講錄	吳怡	中國哲學
墨家的哲學方法	鐘友聯	中國哲學
韓非子哲學	王邦雄	中國哲學
墨家哲學	蔡仁厚	中國哲學
希臘哲學趣談	鄔昆如	西洋哲學
中世哲學趣談	鄔昆如	西洋哲學
近代哲學趣談	鄔昆如	西洋哲學
現代哲學趣談	鄔昆如	西洋哲學
佛學研究	周中一	佛學
佛學論著	周中一	佛學
禪話	周中一	佛學
公案禪語	吳怡	佛學
不疑不懼	王洪鈞	教育
文化與教育	錢穆	教育
教育叢談	上官業佑	教育
印度文化十八篇	糜文開	社會
清代科舉	劉兆璸	社會